进

程

王景彦 著

台海出版社

图书在版编目（CIP）数据

进程 / 王景彦著 . —— 北京 : 台海出版社 , 2021.7
ISBN 978-7-5168-3026-0

Ⅰ . ①进… Ⅱ . ①王… Ⅲ . ①中篇小说—中国—当代
Ⅳ . ① I247.5

中国版本图书馆 CIP 数据核字 (2021) 第 104088 号

进　程

著　　者：王景彦

出 版 人：蔡　旭　　　　　封面设计：王景彦
责任编辑：魏　敏

出版发行：台海出版社
地　　址：北京市东城区景山东街 20 号　　邮政编码：100009
电　　话：010-64041652（发行，邮购）
传　　真：010-84045799（总编室）
网　　址：www.taimeng.org.cn/thcbs/default.htm
E-mail：thcbs@126.com

经　　销：全国各地新华书店
印　　刷：成都蓉军广告印务有限责任公司
本书如有破损、缺页、装订错误，请与本社联系调换

开　　本：880 毫米 ×1230 毫米　　1/32
字　　数：60 千字　　　　　　　　印　张：4
版　　次：2021 年 7 月第 1 版
印　　次：2021 年 12 月第 1 次印刷
书　　号：ISBN 978-7-5168-3026-0

定　　价：53.00 元

目　录

第一章　严冬酷寒育春来　天低云暗将晴日

> 长夜难明赤县天，
> 百年魔怪舞翩跹。
> 幸有启明多引照，
> 劳苦大众得身翻。

这就是中华民族昔日的真实写照。

本来就冷酷的天气，却又刮起了疯狂的西北风，将大地吹得更加萧瑟惨烈。那是在二十世纪四十年代，天下寂凄无鸡鸣，只有那狼奔豕突，忙碌地吞食着路边的尸骨。其情、其景，惨不忍睹！

但野火烧不尽，春风吹又生。极目远望，仍见有一个刚被大火焚毁得七零八落，残壁断垣的小村庄。它坐落在曾被历史上称为陪都的上方远郊的地方，这里是古宛通往东北方向京城的交通要道。这里有一条小河，由于远古以来涨水冲积形成的土地，土质特别肥沃，抓一把可以捏出油来。这里适宜种植小麦、玉米、红薯和黄连等粮食作物和药草，加之黄连比较常用，亦收益可观。久而久之，人们便以黄连的名字作为村庄名，即所谓的"黄连村"。可就在这当儿，它也和其他地方一样，成了兵荒马乱、荒凉不堪的地方。只有劫后的一片狼藉，痛苦地向人们诉说着这世道多么不公，而这黄连，人称苦药，恰在这时，确也成了这里的人痛苦的代名词。

然而这故地难舍，逃难的人们兵火稍息，除了葬身异地他乡的人之外，依然三三两两、陆陆续续返回自己的家园，当人们看到这破败的景象，油然升起一种比刀刺还难受的心情。相逢的人们一见面都说："苍天真不公，让咱不能生，种田无饭吃，豹狼还逞凶。世最黄连苦，还比不过百姓。苦能何时尽，盼能有救星。"原来可惨淡度日的地方，这时却变得一无所有。像原始人一样栖身坑穴。没吃的，只得挖野菜、吃树叶、餐树皮。没穿的，就披破麻袋御寒。晚上睡觉只有一条薄烂被，全家挤一起。就这样度日如年般挣扎着、活着。

具有伟大历史意义并永载史册的一九四九年十月一日，中国人民的伟大领袖毛泽东主席，在首都北京天安门城楼上，神圣庄严地向全世界宣告："中华人民共和国成立了，从此中国人民站起来了！"顿时龙飞凤舞，百鸟和鸣，山呼海啸，大地披绿，都在为这伟大的时刻，伟大的事件献礼歌唱！

就在这无比欢庆之际，土改后的第五个年头，一个叫盼福的人，携着三四岁的儿子窦爱国来到村外的田边地头，小爱国虽然不甚懂事，但让大人的心中有了寄托，正高兴地观看长势喜人的庄稼。盼福站在一棵春玉米前惊喜地说："这玉米长得真好哇，高得赛过了人。"他们爱不释手地从众多玉米中，摸着一个一尺来长的玉米棒。一边看着，一边笑得合不拢嘴。然后又来到邻家的地头，看这块地里种的小麦，只见麦苗嫩绿可爱，生机勃勃。再向远处看，简直像绿毯一样，将田地盖得不漏缝隙。然后还兴致不减，看了这家看那家，看了一家笑一家，笑大家都有一个新春的丰收年景。想着这样的丰收年从来没有过，连做梦也不敢想象。思今追昔，无限感慨道，那时不是天灾，就是人祸，而今人祸没有了，天也遂心如意，这真是"世道变了，天也变了"。古人说的"天不变道也不变"的观点，是维护封建剥削阶级统治的，我们只要努力奋斗，任何事情都会改变。这都是共产党和共产党领导的军队带来的结果。儿子小，不理解，只看父亲那个高兴劲儿，不由得也跟着笑了起来。

父亲盼福接着说，而今总算盼到了出头之日，但这好日子只是个开始，更好的日子还在后头呢！这真是新旧社会两重天呐！父亲的话，道出了千千万万翻身农民的心声。

在回村的路上，盼福仍跟儿子窦爱国滔滔不绝、津津有味地说着：东壁你邱大伯家刚添了头牛；北头你郭大叔家的猪长得又肥又大；南边你刘二婶编织的筐子可好了，能卖不少钱……如数家珍一般。爷俩真是既为自己高兴，也为他人兴奋。

第二章　耕织重任一人担　甘苦之际思绪添

盼福进城务工，牢记着出发前的誓言和乡亲们的嘱托，干好工作，为家乡争光。盼福也信赖自己的妻子，把全部事情都托付给妻子华瑰梅料理。

华瑰梅本身就是一位农家姑娘，对农村、农活早就熟悉，加之她身体健壮、手脚利索，干啥都不赖，各样事都做得得心应手。而且华瑰梅特别好学，有一种积极的上进精神，给家庭带来了一派人欢鸟唱、五业兴旺的景象。

五月末，全国农村从南到北已开始进入夏收季节。由于黄连村这地方守着河圈地，地势低洼，土地肥沃，属淤积土地，质性较寒，所以相比别处，麦子要晚熟几天，但人们也早已做好了开镰收割小麦大忙一场的准备。

没过几天，一大早，华瑰梅家院里的桐树上，飞来的候鸟黄鹭鹭和鸥西叉，就在树上"嘀哩嘀哩""起呀起呀"地鸣叫着。瑰梅一听，顺口就说："这大忙季节来了，就连鸟儿也来趁时助兴帮忙，唤醒人们起床上工，抓紧干好农活。"本来就在操心披挂上阵抢收麦子的事，这一下伴着鸟叫，瑰梅更来了劲，骨碌一下就起了床，简单地梳洗一下，就奔出门去。

上工的人流奔到离家不远的西河边的麦地来。这里是河地，过去一涨水就河满地平，每过大水之后，都淤下厚厚的一层，足有四五厘米，这样的地更为肥沃，庄稼长得比别处的都好，杆子粗，麦穗大，颗粒重，麦子长得高，足有半人多高，个子矮一点的女同志可与其比肩，又长得囊实，从地这头推一下，整片麦田就像波浪一样从这边随之翻滚到那边。人们会按照先后顺序依次排列，一人三耧，把着麦垄收割。麦子越好，收割时越是累人。有几位四十来岁的庄稼汉子，来得最早，排在了前边，只听"哧楞哧楞"的声音，麦子随即倒下，进入人们的怀抱。

不大一会儿，割后被放倒的麦子铺在身后摆成了一行，看上去放倒的麦子离人越来越远。华瑰梅来得稍晚，按序排在了第六名的位置。由于先后早晚有别，割后的小麦像扇子面一样铺开。可等了半个多小时以后，只见华瑰梅窜到了别人的前头，进入纵深处，把前边的人甩在了后边，割完麦子后留下的小路，和后边的人连起来看，成了麦田"巷道"。

只见华瑰梅的镰刀一个劲儿地挥舞，麦子随着她的动作一缕缕听话地扑向她的怀里。她好像战场上冲杀的战士，麦子像敌人一样望风披靡，一拨拨降服。就这样，亩把地的麦子，个把小时便收割完了。夏天容易冷热空气对流，不是雨就是风，需要立马把割好的麦子捆起来，一摞摞放好，待全部割完后再处理。只见她拐过头来，蹲在地上，用麦秸秆儿当绳子，一铺铺将麦子扎起来，防止麦子被风刮跑吹散而造成损失。

瑰梅的任务完成后，她看到有些手头弱的妇女落在后边，便吐口吐沫到手心里，然后对着搓搓，农村人们常说这叫"告告油", 攒攒劲儿。她转身来到村西南边邻里范二婶的麦垄里, 二话不说, 躬下身子就迎头割起来。

范二婶四五十岁的年龄, 个子有点矮, 小时候上树摘果子, 不小心摔下来落了跛脚的毛病, 所以进度就慢些, 并且麦子没腰深, 看不到远处, 只听有"呼隆呼隆"的声音由远而近, 却不知是咋回事。因天还不亮, 想着是野兽在活动, 竟有几分害怕。这时恰好听到了对面有人喊: "二婶, 别着急, 我在帮你。"二婶闻声, 跐起脚向前张望, 便一眼看到了正在向自己方向割麦过来有一丈多远的瑰梅。

"原来是你呀! 我手笨, 镰刀不利, 落在了人家后边。这可好, 你这一帮, 我后进变先进了。"二婶打趣又感动地说。

"能者多劳, 强帮弱, 这是应该做的。"

二婶听着瑰梅的话, 脸上泛起了笑。接着两人收拾割后的麦子, 没多长时间, 捆好的麦捆像枕戈待旦的战士, 随时准备奏凯奔向自己的"家乡"——麦场。

就在这时, 早上出工割麦的男女二三十人, 把一块地里三四十亩的壮实麦子收割完毕。大家三三两两、有说有笑地走在路上, 成群结伴地回家。也不知是有意还是无意, 眼前的情景正映衬了他们的心声和意境。正在欢乐之中, 忽听有人说: "瑰梅会讲故事, 让她给咱们讲一个听吧。"其他人也都随声附和。

人多又都跟着起哄, 瑰梅也不知道是谁先提议, 现在大家都如此要求, 瑰梅对着近身的几位姑娘说: "那我有个条件, 我讲的故事你们不仅是听, 而且要做, 这才行。"又是一阵齐声的附和："行行行。"这汇聚起来的声音，显得特别有力、嘹亮和动听。

"那我就即景生情吧，给大家讲一个神奇、悠久的民间传说'天狗求情留麦头'的故事。据老人说，很久很久以前，那时的麦子像芝麻一样，浑身上下，从根到梢都是麦穗，打下来的麦子特别多，人们根本吃不完，不知道珍惜。吃剩下的馒头、面条呀，扔得随处可见，有的扔在路上，有的扔在粪堆上，脚踩垫地的。这事被天上的玉皇大帝知道了，一气之下要惩罚这些人。"

"太不像话了，"华瑰梅学着不知名的腔调，模仿着她心目中的玉皇大帝，"种个庄稼多难，人人都知道'锄禾日当午，汗滴禾下土……'然而他们竟不当回事，从今以后不让他们有麦子了，看看他们吃什么？"

"玉皇大帝发怒了，这可了不得啦，天下将会有多少人跟着饿死。这时，在一旁的天狗赶紧跑出来求情说：'玉皇大帝，这糟蹋粮食是少数人所为，应该教训他们，可大多数人是好的呀。不能让这么多人跟着他们挨饿，民以食为天，万万不能没有粮食啊！麦子长得多了可以少长点，不能断绝他们的生路，这样人们便不敢再浪费，也知道珍惜了。'玉皇大帝一听天狗讲得有道理，就命麦子只长一个头，一弧扣长（即十多厘米），就像现在的麦头，其他部位就不再长了。天狗见状，马上给玉皇大帝跪下磕头表示感谢。"

人们想想可真是这个劲，所以到如今狗都是跪着仰着头，用一种敬仰的姿势对着天上，以表示永远不忘玉皇大帝的恩德。众人一听，内心都涌起无限感激之情，思考着天狗给人间带来的关爱、恩惠和启示，也思考着人与动物、人与生态的和谐共存。

盼福的妻子瑰梅，不仅干农活在行，就是在家里也是特别能干。那时人们的需求很低，很简单，除了吃饭就是穿衣。这穿的仍是用几千年前的传统方法，用纺车纺线，用织布机织布。

那时的农民除了晴天头顶烈日在地里干活，遇上下雨就在家里做家务，男的织槀荐（用稻草编成的垫褥）等。织的时候，用块门板平立着，用六股或四股的麻绳（一般不用五股的绳子，迷信的人认为五股绳是办丧事才用的），耷拉着的两边用砖头块垂着，然后将成束的好像现在的四厘米或六厘米水管那么粗的麦秆放到绳子上，股粗的织出来厚，股细的织出来薄。然后一层层来回缠着匝着，到个六七尺，把绳头一绑就算织成了。可供人们铺用，一是软和，二是防潮，是很好的传统床上用品。

虽然现在条件好了，用"席梦思"什么的，但在一些偏远的农村地区，仍在使用这种传统用品，甚至还有一些被当作"古董"，具有一定的收藏价值。女同志在家一般都是用纺车纺线，这种纺车人们并不陌生，因为可以从电影电视里看到。

华瑰梅用纺车可以说达到了炉火纯青的程度。她盘腿坐在草墩上，右手绞着纺车，左手拿着花捻。这花捻有一尺来长，中间是空的，是用筷子一样的细棍把铺着的棉花裹起来做成的。她先把这花捻拽成个线头，缠到纺车的锭子上，然后一手绞着纺车，一手拽着线，一般就是这样操作。华瑰梅纺起线来，却别有一番风景，绞纺车时随着需要，一会儿快一会儿慢，一会儿暂停一会儿又起，左手拿着花捻，随同右手摇纺车的节奏，一会儿往后拽，一会儿斜着往上提，再往外一拐，动作很有规律和节奏。其实，这些动作都是为了尽量把纺的线拉到极限长，然后再倒一下纺车，"嘟噜"一下，把纺好的线缠到锭子上。这算一个循环的周期，接下来再周而复始不断这样做着。

半个多钟头后，华瑰梅纺够了一个线穗，有二两重，像个个头中等的红薯那么大。纺的过程中，细听那纺车的声音，一会儿"嗡"，一会儿"刺"，一会儿"吐噜"，像是一部交响曲，让人享受着劳动的收获和快乐。线纺好后，还要织布，每一道工序都饱含着汗水和智慧。瑰梅就这样辛苦、勤劳地绘就了家庭生活的美好蓝图。

除了这些家务活以外，还有一项更重要的任务就是培养、照顾孩子，华瑰梅一心想着让窦爱国健康快乐地长大。

窦爱国小时候，瑰梅没有奶水，于是她每顿饭做好就先盛出来一点给爱国一匙一匙地喂着喝，每次掌握着孩子只吃个七八分饱，计划每天像吃奶的孩子一样，喂个四五次，少喝勤喝，定时喂养。等孩子大一点了，光喝稀饭不耐饥，做饭时还时不时烧个红薯，让孩子抿着吃。晚上睡觉怕孩子冻着，就搂着孩子睡，有时夜里加班加点纺线，就把孩子哄睡以后，自己再接着干。

有时候，孩子半夜睡醒，一看妈妈不在身边，便哭起来。瑰梅闻声急忙放下纺车去抱孩子，唯恐孩子哭坏了身体。为了不让孩子哭，瑰梅便暂时放下手里的活不做，先陪着孩子，哄一哄，睡着之后再接着纺线。

本来瑰梅是个寡言少语的人，可为了照顾好小孩，竟然改变了性格，学起了唱催眠曲让孩子睡觉。一天晚上，爱国闹瞌睡，光哭不睡，要是别的妈妈可能要"啪啪"狠狠打两巴掌，解解心头之烦。可瑰梅却哼起少儿爱听的曲调："宝宝好，宝宝好，宝宝长大了。要好好听妈的话，快快睡大觉，一觉睡到鸡儿叫，身体强壮，越变越好。"这歌词对一个小孩来说，好比是讲"天书"，根本不懂意思，但可能是由于动听的原因，竟就这样意外地使孩子舒坦地睡着了。然后她又这抚抚，那摸摸，把被子给孩子盖好。

就这样不知熬过了多少个操劳不眠的夜晚，每一天的劳累过后，华瑰梅一歇下来，只觉全身酸疼，苦不堪言。她心里想着，要是盼福能在眼前或者自己能在城里和盼福一起，有个照应，那该多好。自从盼福进城，她便有了这个念头，只是想着顾大局，也就不说什么了。而今面对生产生活的重压，她情不自禁地表露了出来。特别是兄弟一家都在城里，瑰梅心中不免也产生了羡慕和抱怨。一天，趁爱国未醒，她来到婆母身旁说："妈，盼福不在身边，我太难太累了，我看我们也上街（去城里）去住好吧？"

瑰梅这话一出口，就引起了婆母的嗔怒："上街上街，上街了这家里咋办？现在日子这么好就受不了啦，那俺过去顶风冒雨，饥寒交加，领着孩子讨荒要饭，那该咋过哩！？"

一句话把瑰梅呛得没话可说。日子便这样一天天地过下去了，随着时间的推移，虽然瑰梅嘴上不说啥，但一想起，心里总觉得怪难受的。

一个星期天，盼福休假回到了家中，一看妻子瑰梅面色憔悴、颧骨凸露，就知道爱人在家吃苦受累了，他心疼地说："你受苦了，待我安定了，可接你上街去住。"一听丈夫说这话，瑰梅到嘴边想说的苦衷也就不再讲了，她以苦为乐地拿着劲儿依旧生活起来。

过了两年，窦爱国大些了，能够满地跑着玩了，奶奶也越来越高兴。尽量多帮助瑰梅料理家务，照看孩子。恰在这时，瑰梅又怀孕了，妊娠反应使她更消瘦了，为了照顾这个家，她坚持着、强忍着，该吃吃，该喝喝，该干干，邻居都夸瑰梅"是个坚强的媳妇"。

到了十二月份，瑰梅生下了一个女婴，给全家带来了新的欢乐。婆母见人就说，窦家祖上缺女孩，可好，如今王母娘娘给窦家抱来个女娃，真是心想事成，想啥有啥，天遂人愿，有了小孙娃，又有了小孙女，真是儿女双全啊！老太太的高兴样子，走起路来都浑身是劲儿，脚下像是生了风似的。

一家添了新人，也好比是添了希望，这是天大的好事。可是好固然是好，但对瑰梅来说，身上的任务无疑更重、更艰巨了。

这时，在外觅食劳碌了一天的斑鸠，慢腾腾扑扇着沉重疲惫的翅膀，飞回了窝中，感受着休息时的轻松与舒心。

第三章　婆媳龃龉生烽火　使君如梭解纷难

　　光阴似箭，岁月如梭，转眼又过了数年。瑰梅已成了四个孩子的妈妈。

　　妇女自由了，焕发出了冲天的干劲和主人翁精神，无论干啥都是一马当先，走在前头，和男同志一样，发挥着"半边天"的作用，确有巾帼可比须眉的样子。

　　生活中有彩霞让人欢欣，使人扬眉吐气。但也有浪花，碰撞得四处飞溅，让人品味着人生的酸甜苦辣。

　　这碰撞有新旧时代思想的对流，也有不同观念的认识分歧。瑰梅与婆母之间的矛盾就是围绕着这一主线展开的。

　　自从上一次瑰梅与婆母为上街与盼福在一起生活的事拌了几句嘴后，婆母心里总是耿耿于怀，她对儿媳的一举一动总有些气不顺，看不惯，随时都想爆发出来。

　　瑰梅是个很要强的女人，在队里，无论干啥活，她都不落人后。刨红薯一耙子下去，把一棵几个连着的红薯全都连窝端出来，没有刨烂的，也没有刨散的，不深也不浅，真个恰到好处；砍苞谷一瓦镰下去就是一棵，砍得准，砍得干脆……因此她手上的老茧就没有消过，反而越来越厚。她在地里是"英雄"，可一回到家里就像散了架似的。就像赛场上的运动员，比赛时生龙活虎，一下场就好像成了一摊泥。从地里回来就想在床上躺下休息一会儿。可时间长了，婆母挖苦她说"出门勤在家懒""里懒外勤"等，嚷嚷着要儿子回来分家。那时的家好分，本身也都没啥物件，只有北边三间裂着指头般粗缝的破草房。另外是东边两间低矮的厨房，被烟气熏得黢（qū）黑。婆母就手指着两间厨房说："这房子给你们用。"这就算是分了家，自此以后，瑰梅一家就开始单独过日子。

家分了以后，瑰梅成了这个家的顶梁柱，担当了家庭生活的全部责任。但是再干的铁（方言，干得好之意），也挣不够一家人的口粮。因此，她成了全村最大的缺粮户，也被一些人看不起，饱受嘲笑和讥讽。

瑰梅受不了这份难堪和委屈，连夜跑到丈夫盼福的厂里，诉说分粮情景，话中自然带着情绪，没好气地说："你可好，进城了，让我在家一把锅底一把锅顶，里里外外干，还受累受气，还有婆母……这心情你知有多难受？！"

盼福听完了瑰梅的诉说，心中深有一种负疚感，就说："你受委屈了……"然后又耐心安慰了一番，一直到瑰梅气消了才上床休息。

第二天一早，还没到发工资时间，盼福就先向厂里借了些钱，并请了假，陪着妻子瑰梅回家先把粮买够了。接着就来到母亲身旁，先是问安，然后是开导，恳切地说："妈，现在是新社会，不要用老眼光看问题。婆媳同是一家人，并且是男女平等、人人平等，应该互相尊重。我不在家，你要多照顾。分家不分心，全家要拧成一股绳，这样咱的日子才会越过越好。"

　　母亲听了儿子的话，心有所悟，赔情说："都怪我老糊涂了，心眼狭窄，难为媳妇，给儿子添麻烦，使你多操心，也影响工作，今后决不再干这蠢事、说这傻话了。"

　　在这之前，由于婆母待儿媳欠妥，近门的一些叔伯侄媳家人，凡见有个啥事，就也跟着起哄，瞪瑰梅的白眼，指桑骂槐，打鸡骂狗。由此以来，他们也不再干那些"趁火打劫"的事了。正如俗话所说："家事不和外人欺。"家事和了，众人敬，万事兴！

　　在这时，院里的麻雀飞落到地上，聚集在一起蹦蹦跳跳，竞相发出"啾啾"的脆鸣声，像是在演奏一曲团结同心的大合唱，庆贺着窦家雨后天晴的欢悦景象。

第四章　阳光雨露滋苗长　万紫千红竞妍香

　　爱国是家里的老大，父亲不在身边，母亲不仅忙着田地里的活，还时常随着队里外出突击干活，因此他就成了"留守儿童"。一方面要自我照护，另一方面又要照护好弟弟妹妹。正是这种独特的家庭环境，锻炼和造就了孩提时代的窦爱国，使其比较早地成熟了起来。

　　二十世纪五十年代末，爱国已到了入学年龄。平时看到比自己年长的小朋友背着书包上学的情形，心里就痒痒的，羡慕得不得了。一天，华瑰梅把窦爱国叫到身旁，拉着他的小手说："爱国，咱村的高山、蒋成龙等几个小朋友跟你年龄相仿，都报名上学了，妈也想让你上学，今儿个是报名日，妈陪你去，也是给你领个路，今后你就知道路咋走了。要好好学习，做个好孩子，把自己培养成为一个有知识、能干事、有作为的孩子。"窦爱国一听，高兴得蹦跳起来。

　　到了学校，在学校大院西北角的排房中间，教师办公室门口，找到了贴着红纸黑字的标签"一年级新生报名处"，老师正在忙着伏案书写，一看见瑰梅带着孩子过来，就赶忙热情地站起来打招呼。

　　"这位大姐，你是来为孩子报名的吧！"这位老师一边说着，一边站起身来将旁边的凳子放好，"请先坐下来休息。"

瑰梅看到这情况，心里想着，这老师真好，虽然不认识，但就像接待自己家的亲人一样。刹那间，"为人师表""重若千钧"这几个词，就立刻闪现在眼前。

休息片刻，这位值班人员就接着说："我姓许，叫许天萍，今后称我许老师就行了。"

老师的话，让瑰梅崇敬和感动。许老师年方三十，瓜子脸，粉红的面孔，乌黑的短发，一米六八的个头，上衣穿的是蓝底白点的洋布（这是当时的叫法，实际上就是今天的平布），显得素静雅观。这一身打扮，正好映衬出了许老师朴实、诚恳、端庄、大方的良好品德和形象。

就在这时，又来了几位家长带着孩子，为了不耽误老师的时间，瑰梅就简单介绍说："他叫窦爱国，七岁了，家住距这里东边隔条邕河三里地远的黄连村，孩子想上学，送到学校俺也放心。"

说罢就接着办手续。然后许老师就亲切地目送瑰梅和爱国他们远去，还特别叮嘱："明天上午让孩子到校。"待他们回头，只见家长们流水般来来去去……

在回来的路上，瑰梅回忆着孩子被老师问："你想不想上学？"

爱国说："想。听奶奶说，上学将来能找个花媳妇。"

华瑰梅心里觉得好笑。有知识，有本事，姑娘们当然愿意嫁给你。但这只是其中之一，更重要的是长大了，为社会贡献自己的才智和能力，这些还需要老师对孩子循循善诱的教导。

同时，家长也不能懈怠，教育不是一蹴而就的事，瑰梅想了想，对爱国说："孩子，怎样才能学习好，妈上过夜校，有点体会，一是认真听老师讲课，二要细致地做作业，三是要善于用。学是前提，用是目的。比如说学个词，就要运用到造句上来。"爱国听着妈妈富有含义的讲话，不断眨巴着眼睛，让人感到这是他在用心思考，然后给妈妈一个会意的微笑。

上学第一天，老师把两张各一米见方的世界和中国地图，用图钉钉在黑板上，老师讲道："这一张是世界地图，我们就生活在这个地球上，世界上有近两百个国家。这中心涂着水红颜色的像只大公鸡模样的，就是我们的国家，她的名字叫'中国'。"

然后，又指着一张"大公鸡"的地图说："这就是我们的中国地图。她地大物博，人口众多，物产丰富，位置优越。"

最后老师画龙点睛地说："我们要爱世界、爱中国，建设好中国。"

父亲盼福听说孩子报名上学了，心想着这可是"十年树木，百年树人"的头等大事，于是特意请假回来祝贺。平时从来不爱给孩子捎包（带礼物）的盼福，这次专门买了馃子和糖葫芦，还有一幅"大鹏展翅图"。寄希望于孩子们将来能成为为国家、为人民立大功的人。盼福浅显易懂、深入浅出地解说，爱国连声答应："好好，一定照爸爸说的做。"

爱国学习能吃苦、肯用心。有一年冬天，北风呼啸，这天还是雨夹雪，雪打到脸上像锥子刺一般，路滑坎坷，隔河越沟，地僻人稀，连一向好催促他上学的妈妈也心疼地说："今儿个天气不好，别去了，随后补课算了。"可爱国听后特别生气，坚持要去上学，瑰梅只好随他去了，孩子爱学习总归是好事。到了学校，老师一看惊呆了，爱国浑身像穿了"冰甲"，脸被冻得紫红，手指头粘在了一起。老师看着心疼得直掉泪，用大手握着爱国的小手想尽各种办法温暖着他……

还有一次，家里的面铺生絮了，妈妈拿出来放在架子上晒晒。她下午上工之前还再三叮嘱说要照护着，以防被麻雀叼和风刮掉……爱国答应得很好，谁知夏季的天气反复无常，时晴时阴，转眼间黑云压顶，暗如黑夜，一阵响雷"咔嚓"过后，暴雨伴着大风倾泻而下。爱国只顾学习忘了这事，待母亲回来，面已被雨淋得成了糨糊，有的溢出来，被水冲跑。华瑰梅看着眼前的情景，哭笑不得，嗔怪地称爱国成了"学痴"和"学圣"，调侃得他面红耳赤。这件事从此在邻里广泛传开，成了人们街谈巷议的趣闻。后来，当爱国得知数学家陈景润研究和思考问题时着迷，走路撞在树上的故事，心中还有点暗暗发笑。当时，农村学校学习条件差，要求高年级学生上晚自习，可又没有电灯，就连煤油灯也不一定有。于是爱国就和本村的同学一道把事先准备好的蓖麻籽去掉壳，用竹篾穿成串，一串有个一拃多长，每人三四串，就这样凑合着照明，读书写字。学校也没有宿舍，下了课还得摸黑步行回家。

爱国就这样熬过了几年的光阴，迎来了小升初（中），并且在录取比例极低的情况下，考入了虽不出名但有学上的育红中学。虽不算多荣耀，但说起来也是考上了中学（当时初中只有城市设办），引起了许多同学的羡慕。与爱国同村同班的同学樊尚志说："咱同是一个班，你咋考上了，俺咋没考上？"爱国安慰说："那可能是你在考试时紧张的原因。"

后来，爱国又考上了一所在本地颇有名望的学校——盆阳市第一高级中学。

这是一所距今已有一百一十多年的高中学府，学校当初栽种的松柏幼苗已成参天大树、郁郁葱葱，映出了学校学风旺盛的风貌。在这里就学，既是一个机会，也是一种荣耀，更加激发了同学们发奋学习的精神。爱国就是这成百上千学生中的一员，但只因家庭情况和条件的不同，使得他的学习方式、方法与其他人不太一样。

爱国的家在距市内东边十多里地的黄连村，虽然学校有宿舍，但因经济上不宽裕，没住几天校就改为走读。早上八点上课，没有钟表，好在那时村村户户都安着有线广播，每天早晨天不亮（冬天），听到家里的小喇叭响了，就知道是五点五十五分，爱国便立马起床。

那是吃红薯的年代，晚上先洗好个把红薯，切成块，第二天早上丢到锅里一煮。说熟也算熟，说不熟也不熟，里面有浆心，最多七八成熟，但不管如何，囫囵半片地吞下去，因年轻消化好，也不会生病。接着就赶紧起程，一路连走带跑，到了学校正好赶上敲预备钟。

中午有时带点米在学校食堂蒸蒸，交五分钱加工费；有时东奔西走到各个亲戚家吃顿饭；还有时用姨母资助的毛毛钱在学校买顿吃的，那是关键时刻才能享受到的"救急"餐。后来，学校给了爱国每月六元的助学金，使他的走读生活有了改善，但六元钱毕竟是有限的，总的来说走读的那段岁月是很艰苦的。虽只两年多的时光，但觉得是那么漫长。可以说是学校和亲戚让爱国度过了艰难而有意义的高中生活。

在学校里，爱国尽自己最大的努力刻苦学习。班主任关信仁深有感触地赞扬他："爱国啊，论生活条件，属你最差；但论学习努力，你比别的同学花费的精力要大多了。你一直在激励自己，能吃苦，也越加奋发图强，一定会获得成功，未来会越来越好的！"

在那个时期，学校任务多、社会活动多，既要挖地道又要学工学农，还有军训，学习非常受限制。然而，爱国在数理化方面虽不超群，但文科却很擅长。他能够习诗作文，经常在校墙报上有作品登出，受到了师生们的广泛关注和好评，一时间声名鹊起。诗名成了爱国的代名词。爱国深深地体会到，只要有正确的学习观点，无论什么条件，再艰苦也能取得好成绩。学习条件差，可以化不利为有利，可以激发斗志，可以更好地促进学习。如在城市里长大的丰硕、朱强、潘升、袁方等同学，他们的生活环境更好，有更多机会去享受生活，但他们不仅没有松懈，反而利用自己的经济优势，善于利用各种条件用功读书学习，有的成了书法家，有的成了工程师，有的成了画家，像爱国一样成了作家的就有很多人，享誉中外。一个比一个出色，一个比一个优秀，从而为祖国、为人民增添了光彩，赢得了骄傲。

学校的旁边是一座大花园，花卉树木各异，精彩纷呈，各有千秋，生机勃勃。从这里源源不断地输送给祖国各地所需要的有用之材，同时又获得人才的反哺，促进了她更好地发展，二者相映生辉，相互成就。

第五章　归乡感念故土情　笑对风雨度光景

门前西边的小河，由北向南流的水"哗哗哗"地响，好像是在拍手欢呼归来的家人。

盼福一踏进门槛，就生出一种阔别而归、欢畅舒心的感觉。爱妻华瑰梅老早就为他准备好了洗脸水、毛巾、牙膏、牙刷……并接着为他下厨做起了午饭。孩子们放学回来，看到了爸爸都抑制不住内心的激动，兴高采烈、欢欣雀跃地来到父亲跟前，有的拉手，有的靠在盼福的身边，有的望着许久不见的父亲，似乎都有话要说，却没有人先开口说出来。

盼福看着这一切，不由得心中激荡，涌现出许多复杂、难以名状的情愫。首先是喜悦。自己多年不在家，缺席了孩子们大半段的成长过程，一直都是他们的母亲在照顾他们，想想很是惭愧。如今看他们竟都是那么天真、活泼与健康，并且均已相继上学，成为懂事的孩子。这家兴业旺，全是妻子的功劳啊！心中的愧疚和难受，像打翻了五味瓶一样，使祈福久久难平。

孩子们不知什么时候一一散去了，盼福才从木然中醒过神来。当下，盼福心中只有一个想法——要尽一切力量，来弥补自己对家人的亏欠。

村庄池塘里的荷花朵朵绽放，荷叶一片接着一片，层层叠叠，将水面遮盖得严严实实。从中不时地传出清脆响亮的"呱呱"有节奏的蛙鸣。在相距半里多的地方都能清晰地听到，远远就能感受到田野大地的清新与生气。

盼福的回乡，着实给这个家带来了前所未有的动力与活力，让孩子们感受到了家里有个顶梁柱的安稳和保障。特别是当下爱国即将步入社会，既茫然又憧憬，父亲的归家给了他莫大的依靠，不仅告诉他很多工作之道，同时也给他起到了保护伞和航标灯的作用。

当高中进入第二年，到了秋冬，国家开始征兵了，爱国的心里一亮，想着久盼的机会来了。他立即从学校回到家，在谁都没报名的时候自己先报了名。甚至在这之前，他怕自己体检时因沙眼过不了关，竟背着所有人先去眼科医院做了个检查，还好结果显示他的眼睛恢复得不错，应当是没有问题的。

第二天，接兵部队的人员就来家访。一听爱国讲"为保卫祖国，得到锻炼"的当兵动机，便连声称赞，让爱国做好准备。这一下爱国心里有底了，便开始张罗自己当兵的事，仿佛这事已经板上钉钉了。学校不少老师也知道了他即将当兵的事情，纷纷前来恭喜他。爱国想着渴望已久的参军梦即将变为现实，兴奋得连觉都睡不着。

可惜天不遂人愿，爱国最终还是因为体检不合格没当上兵，这结果简直像晴天霹雳，震惊得任何人也承受不了，何况是尚未涉世的青年。回到家里，爱国就悲伤地痛哭起来。本来没选上也没什么，但是爱国觉得自己"稳了"，不仅大肆张扬、宣告，自己也早早做好了去当兵的准备，现在这种结果让人难以置信，不仅充满了没被选上的失落感，同时还让爱国有一种不敢面对他人的羞愧感，仿佛身边的同学、邻居都等着看自己的热闹似的，即使没有什么实质性的指责与笑话，爱国自己也过不了心理上那一关，于是请假在家闷坐几日，好生花费了一番功夫，才重新做好心理建设，回学校继续学习。

　　老天好像也有情，没过多久，又赐给了爱国一个机会，这次不再让爱国空欢喜一场。一所村办小学要招一名教师，要求选用民办教师，从高中毕业生中选拔，又必须是表现好、身体好且能干的人。这些条件筛选个遍，符合的只有爱国一人，就这样，爱国如愿当了一名民办教师，得到了些许的安慰，未来也算是有了着落。

第六章　雨后春来景喜人　阳光和煦日蒸蒸

　　学校里的欢声笑语，驱散了爱国往日参军未成的痛苦和悲伤。再看看校内花园里春意盎然，盛开的月季花、牡丹花、向阳花……昂首向上，五颜六色，争奇斗艳，联想到身边可爱的学生们琅琅的读书声、动听的歌声、欢快的舞姿……这不正是和美丽的花朵一样，充满活力，令人神往！爱国想到这儿，不由得心情激荡，豪气冲天，产生一种强烈的使命感与责任感，从而为这神圣、光荣、伟大的教师事业贡献自己的力量。

　　这所学校坐落在古龙河的北岸，据说有人类的时候就有这条河了，约有五千年的历史。千百年来，记录中的这条河时常洪水泛滥，像是一匹狂奔的野马，忽南忽北，又好像一条长龙，身上打着许多弯。所以后来人们就将其称为龙躯河。

　　龙躯河虽古老，但河边的学校刚成立。受师资力量、生源以及办学经验等方面的影响，学校一至六年级的开班数一直没有增加。村办学校经费缺乏，选址偏僻，杳无人烟，学校的职工大部分都是妇女和老人，新来的仅爱国一个算得上年轻，刚入职，便成了唯一的生力军。

　　虽然学校困难重重，但最关键、最首要的还是安全问题。可是学校没有专门的护卫人员，于是爱国自告奋勇，在这个时候主动请缨，向学校请求负责夜晚护校任务。校长一听，喜出望外，不仅同意了爱国的申请，还表态说会给予爱国一定的补助。

爱国爽快地说："夜里不论在哪儿都是休息，何必要补助。"

"在自己家睡觉不操心，在这儿睡有责任。"校长说。

"这不算啥，权当锻炼身体。"爱国坚持说。

校长觉得没啥说的了，高兴地道："那就依你的意见办吧。你真是个好青年。"

爱国的家在学校的西北角，与学校隔着条通往省城的公路，横穿过去有二里地，绕弯来算要有三四里。那时的乡村十分偏僻荒凉，夜晚之时，一片漆黑，寂静无人，去往学校的路途尤为瘆人，遇着暴风骤雨、电闪雷鸣，只见路上一个个小水坑紧密相连，映照着天空，像是排列着放电影，一幕幕惊险动人。

道路泥泞，稍有不慎就使人摔倒，爱国一连跌了好几个跟头，翻身起来，带着满身的泥浆，继续前行。夜里起来巡查校园，只见西边的野茔，俗称乱葬坟，磷火时隐时现。让人脑海中忽然浮现出人们说的"鬼"。爱国幻想着各个面目狰狞的鬼，吓得他的心怦怦乱跳。明知是假的，但仍旧身不由己，控制不住。虽然去往学校的路途可以称得上艰难，但爱国的心里畅快，所以再艰辛的征途，他也一定能挺身而出。

教学中，他也十分关注每个学生的学习效果。方进生同学本身学习成绩不理想，还偏偏因生病又耽误了学习，他就趁休息时间赶到方进生的家里给他补课，避免他病愈归校后跟不上其他同学的学习进度。这节正好学的是有关李白的故事，爱国就用"铁杵磨成针"的精神，教育学生要有毅力，不懈努力。

爱国对学生这样，对同事更是互助友爱。

学校的党爱红老师，因五岁的女儿发高烧想请假，但又丢不下班里几十名学生的功课。正踌躇不决，爱国赶忙说："给孩子看病更要紧，我们可以换一下课。"从而使党老师给孩子治病和教学两不误。有一分耕耘就有一分收获。一九七三年，爱国被评为"盆阳市优秀教师"，成为当时最年轻的获奖者。

正在爱国春风得意之际，又传来了一年一度征兵的好消息，爱国想到了自己之前的失败，这次又有点心动，身为男子汉，还是忍不住想去当兵保家卫国。当他回到了家里，即将中学毕业的二弟爱民，快步迎上来开口就说："哥，今年征兵开始了，你在学校接触面广，说说看我去当兵咋样？"

爱国一听这话，心里自然高兴，自己还没说出来，二弟先表达了想法，心里说弟兄俩想到一起了。当兵是件好事，它是"巩固'长城'，保卫'国门'"之举，既是应尽的义务，也是一种光荣。

正说到这里，爱国心里"咯噔"一下，前些年自己当兵未成的伤痛再次出现，不由得露出了失望的神情。爱民一看哥哥眉头紧皱，便猜到了几分。因不想让兄长的伤疤再被揭开，也就不再往下问。只是说，咱报个名，试试看，明知去的人多，能叫咱去咱就去，不叫咱去，咱也不悲观，知道是咋回事就行。正像动员的那样，不让人家做咱的工作，就主动做好"一颗红心，两手准备"。

此后没几天，大队来了通知，要爱民随其他十名应征青年到盆阳市人民医院体检，爱民心想，这可能只是走走过场而已，便没有多想。

　　检查开始了，每检查一项，医生就会在体检表单上打一个"对号"，然后接着往下进行。项项都没停，进展得很顺利。只是爱民虽然体重已达标，但与他的个子相比显得稍瘦不相称，看起来体检没啥问题。目前而言是好消息，但对爱民来说，想到之前爱国的空欢喜，便不敢过于确定，心里仍保留疑问。体检过了，爱民稍感轻松了一些，但情况到底是怎样，爱民也说不出来，总之不到穿上军装不算数。

　　早几天秋冬之际，柔风细雨，入种的麦子，苗儿已出土，呈现出嫩油油的青绿色，充满着蓬勃的生机。空气也净化了，让人感到一片清新，给人一种愉悦的感觉。

　　近几天来，院子里总有一股吉祥的气氛，喜鹊不住地在门前高大的桂花树上叫，叫得爱民一家子心痒痒的。十二月十六日，刚吃罢早饭，大队民兵营长就带领着一队人马，打着鼓，敲着锣，吹着唢呐来到了爱民的家，并亲自将红彤彤的参军通知书交给了爱民，开口对着外出迎接的一家老小说："恭喜你们了，你们为国家输送了部队人才，不仅是你们全家，而且也是咱全村的光荣。今后家里劳力少了，有啥困难尽管及时反映，由队里帮助解决。"并勉励爱民到部队要好好学习，不断进步，为家乡争光。爱民的父母听着这感人肺腑的话语，热泪在眼眶里打转，激动地连连点头，不停地道谢。

第七章　勤劳创造新生活　金鹿奔进凡人家

山有顶，水有源。爱国坚韧不拔、吃苦耐劳、勇于进取的精神，除了来自学校和社会的教育外，最早、最直接的是从母亲华瑰梅身上学来的。一说到这儿，爱国的眼前浮现出母亲一件件动人的事迹，显示着她的高尚和伟大。

二十世纪七十年代后期，盆阳市东郊十来里地的地方，距离城区不太远，但在当时却是个偏僻的乡村，好在是个种植半粮半菜的农业区，比远乡农村强了些，但是粮食也还是不够吃，柴火也是不够烧，生活同样穷困。

那个时候，爱国的父亲已经回乡了，一家人就依靠父母极为有限的经济来源生活，除了农业队里分粮收入，其余的几乎是零。家里除了吃饭以外，还要支撑着两三个孩子的学业。面对如此巨大的压力，爱国的母亲不仅不怨天尤人，反而有了奋发的干劲，压力也是动力，她弱小的身影一点也不比爱国的父亲低矮，美好的品质让她越发伟岸了。

她每天早起晚睡，早上起来给鸡剁点捡来的蔬菜叶，再拌点糠麸子，晚上坐在纺车前把穿用过的套子弹弹再纺成线，一坐就是月到中天，直到纺车也累了，发出着"吱吱咛咛"的疲劳声，才勉强收拾收拾睡去了。

除了上工，回来以后，母亲还要喂猪，那时一家一户喂，不是圈养。猪把院里的土地拱得一个个坑，一堆一堆的，像是一座座小山丘。尔后还得人把坑填起来，往往平了拱，拱了再平……猪倒是不累，但人往往跟着累得慌。但再苦再累母亲也毫无怨言。为着弄个大把（板）钱换点油盐，她整天忙得身子没有挨座的空。爱国清楚地记得，母亲攒的鸡蛋舍不得吃，除了偶尔来个客打个荷包蛋，其余的全拿到集市上卖。为此，她经常天不亮就起床，步行十多里地来到街市上。在寒风嗖嗖中，母亲瑟瑟而立，等待着买蛋的人。

等鸡蛋卖了她又匆匆赶回，还要不耽误上午下地干活，可千万不能影响劳作，全家人都指着年终分红度日。攒下的钱她也舍不得花，连哄小孩都不愿花分文。有一次在庄上，邻家的小朋友刘宝见村上来了货郎，忙跑回家，领着妈妈来买糖疙豆吃，爱国的弟弟本以为刘宝见会被拒绝，没想到他妈妈还真给他买了，这可把弟弟羡慕坏了。

弟弟看着人家吃着眼馋嘴涎，也飞跑着回家去，拽着母亲来，缠磨着也叫母亲给他买。母亲犹豫着，不来也不行，没法给小孩个交代，来了也不好一口回绝，那样孩子当场哭闹弄得难堪就不好了。但母亲心里早就打定了主意，来不来都是一样，"不给买"。于是来到摊前一看，转头跟孩子说："娃儿吃糖，吃吃嘴酸。牙吃掉了，成了没牙虎，将来长大了，没牙吃不成肉，还不好看，一张开嘴，别人都笑话。"

说着就强拉起孩子往家走，孩子老大不情愿，嘬着小嘴，拉着脸，一步一回头，虽然身子被母亲拽着往前走，眼睛却一个劲往后瞅，好像被磁石吸着一般，可他始终没母亲劲大，不走也不行。那不是走，而是被扯拉着走。

回到家，弟弟还闷着气站那儿不动，待了大半晌。要不是饿了想吃饭，还不知道要闹到什么时候去呢。

母亲平时还很少吃菜，说炒菜耽误时间，这样讲比说什么"吃不起""没有钱"要好听多了，也算是个善意的谎言。母亲还把孩子们穿烂了的衣服补了又补，缝了又缝，家里也是小娃捡大娃穿不了的衣服穿。她经常教育孩子说："新三年，旧三年，缝缝补补又三年。"就这样，和别人同样的布料、同样的衣服，他们家却总能比别人家多穿一两年。

村上的墨大娘一见人就夸："人家瑰梅真会过日子，衣服穿不成了还能补补再用。"可有一说一，对于该花的钱，该出的钱，母亲也决不吝啬，听到说谁家有需要帮助的地方，就义无反顾，踊跃帮忙。队里的困难户桑玉华老人因丈夫早亡，儿子急病暴夭，无依无靠，瑰梅就不时地来到她家，买些零用东西接济她，并且常在家人面前说："咱也过得难，吃过苦，所以谁有难，就应该帮帮。"

村上有不少人家因劳力多，生活眼看着过得好起来了。只见人家的房子由旧的变成了新的，由破房变成了好房。瑰梅看着自己家的房子，屋顶上的草已糟烂，被麻雀盘腾得都成了灰，露出拳头大的窟窿，晚上能看见天上的星星，下雨时水点落到屋里。还有那多年的土打墙，瑰梅结婚时就已裂着指头大的缝，从墙头延伸到墙底一丈多长，因而一下雨刮风冷不说，心里就发慌，怕墙倒屋塌砸着人。一家人夜里觉都不敢睡，简直能让人得上"住房恐惧症"。为此，母亲做梦都在想着翻新盖房的事。

想着不能一步到位，就来个逐步解决。盖房先得有石灰，那些年农村都是建起脊房，不用水泥。不会因为材料稀缺、造价高而不敢买，并且石灰存放的时间越久越好，这样搪出来的墙越细腻，垒出来的砖头越瓷实，房屋越坚固。没钱或钱少，就哪关紧要先办哪关，先需要啥就办啥，石灰首要，就先买石灰。为了少花钱，母亲天不亮就徒步到离家一二十里外的蒲山店，据说这里的沙石质软易粉刷，那时人们的科学知识十分有限，说不准化学成分名称是啥，却知道它最适合用来做烧石灰。

母亲怕不好买，最后跑空腿，浪费工夫，便决定先独自前来，买好后，第二天才让牛车来拉，省时、省力、省功夫。就这样今儿做一点，明儿弄一下，攒了好几年，到二十世纪七十年代中期，才把土打墙的老陈房变成了罗汉衫房，墙也由土打的变成了里生外熟的，这种房子苫一半草，摆一半瓦。由于年代久远，很多人已记不准上面是草下边是瓦，还是上边是瓦下边是草。似乎上边是瓦下边是草，因瓦重并且光溜，放在上边好，下水顺利。所谓里生外熟，即墙里边垒的是坯，外边用砖裹一下或包一下，这样既可以省钱，又能防止被雨冲坏，外观也十分好看。这是家庭历史的进步，同时也是受现实条件的影响，因为当时他们家还没有盖瓦房的能力。

新房一盖起，好像衬得人也风光了，因为在农村，家里过得好坏，首先得看你的房子怎么样，漂亮不漂亮。房子是招牌，是形象和体面的象征。娶媳妇的先决条件就是看有没有像样的房子，否则就不好说了。但房子毕竟只是外壳而已，有的人为娶媳妇盖房把家里都掏空了，反而更穷了，这就没有必要了。作为爱国家这样的家庭，能盖如今这样的房子，已经是一种跨越性的前进。在当时确属了不起的大事情，盼福夫妇也得到了极大的慰藉。因孩子们相继长大了，面临着娶媳妇，也有了房子这个前提了，日子已经越来越好。

人常说，天无边，水无沿，而心更是没法比，得了陇还要望蜀。所以说人们对美好生活的追求是无止境的。因此解决了"吃穿住行"的问题以后，人们还会有新的需求，那就是"用"。在用度上的需求是无上限的，是一个等级由一个等级往上升的。不光是面广了，还要有质的提高。

又过了几年，瑰梅的孩子们先后长大，爱国已走上工作岗位，家庭经济条件不断好转，社会活动也逐渐增多，光靠两腿走路，已不适应时代的要求，爱国家又购买了一辆重型"红旗牌"自行车，不仅可以代步，并且来往还能拖运点东西，出行省力省时，可方便了。

说起这车子，爱国立马回忆起一个辛酸的故事。那年月，因车子太贵，大家都特别爱惜。爱国出外办事不好意思自己张口，托母亲瑰梅借亲戚家一辆自行车，那车子还是半旧轻型"飞鸽牌"的。因人家不多骑，时常用铺单盖着，或者说是包单蒙着，只怕落灰、弄脏、"生病"。可爱国骑在路上不慎跌了一个跟头，车子多少也有点"不良反应"。虽说没啥大问题，但人家一骑，感到有点不对劲，马上就觉察出了问题，随即训斥了爱国一顿。爱国他们从此也再不好意思向人家借车骑了，就算再累再难也自己扛着，坚决不借，等到自家终于买了车子，才告别了难堪。

爱国一家觉得找回了自己的尊严，感到分外自豪。

特别是一九七六年之后，爱国的母亲按照结婚娶媳妇"三大件"——车子、手表、缝纫机的标准，要着手买台缝纫机为儿子结婚用。因当地不太好买，便托远在几千里地外的黑龙江工作的爱国的姨父买了台"鹿牌"缝纫机，受风俗及形势所迫，用不用得着另说，反正就得有这一项。好像是给女方看的，是对女方的尊重。有了缝纫机之后，不仅爱国的母亲自己用，也让邻居们喜不自禁，人人享受机器做衣的乐趣与优越。后来又嫌麻烦，索性便不再继续用了，觉得上街做衣服又快又省事，缝纫机也慢慢闲置了下来。至今，这台缝纫机还在屋里珍藏着，作为一个时代的印记，成了家庭历史的象征。

有了这台缝纫机事小，但意义重大。它是一种标志，好比家庭较之前有了实力，爱国的父母常在屋里聊天说："咱家有了缝纫机，好比中国有了原子弹，让站起来的中国人民更有了自信心。"

一说起原子弹，爱国的父亲就想到一九六四年十月十六日，那爆炸实验的情景和人们奔走相告的热烈气氛。那蘑菇云蒸腾着迅猛上升的气势，象征着中国美好的发展前景，壮了国威，也让这个家庭更增豪情。

"鹿牌"缝纫机来到瑰梅家是中国历史的转折时期，临近中国改革开放的春天。中国家家户户、男女老幼都知道，鹿是吉祥的象征，是美好的图腾。它的全身都是宝，对人的身体健康有益。健康就是福，所以鹿也是福的代名词，人们也常用它来表达美好的祝福和期盼。另外，鹿跑得快，寓意人们即将跨入中国特色社会主义新时代，社会主义现代化建设的步伐加快。在将来"两个一百年"到来之际，"雄鸡"更加美丽，让中国人民和世界人民更享福荣。

想到这里，瑰梅、盼福高兴得夜不能寐，共道心声。要家国并举，家为国做贡献，国强便更能为家壮威。今天的好日子是由奋斗得来的，明天还由奋斗去实现，因此要不停歇地干……这真是"前进路上不松劲，咬定青山志更坚"。瑰梅家迎着晨晖，向着前方，向着广阔的田野，用锄头和镰刀抒写新的篇章……

第八章　凤落梧桐报祥瑞　一家二人喜登科

　　心善人勤得回报，壮志满怀得艳天。话说也巧，二十多年前，随着夏季的一声惊雷乍起，暴雨袭来，半空一片昏黄，不知从哪儿刮来的树叶、杂物，从天上打着旋儿飘落下来，眼前灰蒙蒙的，好像到处都是家，飘到哪落哪。风从爱国家门前驶过，在这里撒下了其携带的种子。

　　翌年春天，就在这门前的空地上，有一棵小苗在这里诞生，它拱起土壤，然后又慢慢地将叶片露出地面，头上还顶着指甲盖大小的两片地皮，显示着自己的淘气、调皮和旺盛的生命力。

　　真是疾风知劲草。别看它幼小，但任凭风吹雨打，它都一个劲儿地生长着，待它长到三四指高、筷子一般粗的时候，爱国的父母偶然间发现了它，便当作宝贝一样对待，因怕牲口糟践，就用小砖头块把它圈起来，随后又是松土，又是浇水，从不叫它受屈。树苗也不辜负主人的栽培，两三个月就长得又粗又壮，绿油油的，甚是喜人。瑰梅发现，这棵树苗长得跟她早些年在西边四五里地远的地方干活时见到的梧桐树一模一样，就认定这也是一棵梧桐树。瑰梅思忖着，这梧桐树可是吉祥树。她想起了自己曾听人们说过的关于梧桐树的一个神奇美丽的故事。

　　那是遥远的春秋战国时期，当时的春秋五霸中的楚国，有一个叫卞和的樵夫，在荆山上发现一只凤凰，落在了不远处的一棵梧桐树上，当时的人们听说，凤凰落过的梧桐树上，地下必有宝藏。卞和便急忙到附近的土里挖，果真挖到了一块璞玉。外表看着比石头好看，但仍像是一块石头。但卞和懂得，这是一块不寻常的石头，赶紧用布裹着带回家去，准备献给国王。谁知楚厉王不识宝，还砍掉卞和的一只脚。后来，楚武王即位，卞和又献宝，但武王也不识宝，又砍掉其另一只脚。最后楚文王即位，卞和初心不改，仍大着胆子献宝，楚文王感其真诚，命人打开璞石，果然见里面藏着一块宝玉，从此这块宝玉就被命名为"和氏璧"。后来制成了传国玉玺，历经秦、汉、三国等时期，这是后话。从此证明凤凰落梧桐，不仅有宝而且有各种祥瑞，从而也就被后世传扬并成了历史典故。

正因这梧桐树所昭示的祥瑞，爱国的母亲对这棵梧桐树苗便更加珍爱，树长高了就用篱笆扎着。怕被风吹倒，又用三根木头绑着，对树就像对小孩一样呵护着。

二十多年后，小树长成了碗口粗的大树，身高一两丈，枝繁叶茂，夏可遮阳，冬日透光，尽情服务爱国一家人，甚是惹人喜爱。有一天，爱国的母亲在院里打扫卫生，忽听有"噗噗愣愣"声，猛一抬头，见一只五彩斑斓的拖着长长的尾巴的鸟飞落在这棵梧桐树上，压得小树枝忽上忽下，好像是在点头称好，以示祝贺。

爱国的母亲看着这情景，喜不自禁地说："今年我家要有好事了！"一边说一边打扫，越干越有劲儿了，直把院里打扫得一点灰尘都没有，就连树上的"凤凰"看着也一迭声的"咂咂"称赞。

果然这年国家恢复了高考制度，这是喜雨普降，自然要落到每个学子的身上。

爱民当时在解放军某部服役，是通讯连报话人员，已当兵两年。在平日里，他除了钻研业务，做好工作外，有空就把高中学过的书本反复温习，他牢记着"没有文化的军队，是愚蠢的军队"这句话，自己的文化底子薄，不能很好地胜任分配的工作，也不能为党和人民做出应有的贡献，必须得继续努力学习，把以往的知识巩固好，有机会能上大学深造更是他的渴望。

因此，为了实现这个梦想，他整天除了值好班，其他的闲暇休息时间，一般都在看书学习，要么是在屋里，要么是去图书馆。除了看到部队前从家里带去的科普书籍外，还购买了文学、哲学和数学等方面的书，看后在书页旁边注满了密密麻麻的字，书本变得皱褶翻卷着，堆满了床头。旁人受他的影响，也都纷纷买书借书，竞赛着学习。同室乔宏伟赞叹着说："爱民学习如饥似渴，说出来的东西都让我们感到新鲜，一旦工作上出现了难题，经人家一思考就迎刃而解了，真是学习和实践相结合，学以致用，学了知识有本事，有好处。"因此，在爱民的带动下，他所在的连队学习蔚然成风。

有志者事竟成，机会始终等待着勤奋和坚持的人。当得到大学包括军校开始复招的消息后，爱民马上向连队领导汇报了自己酷爱学习、立志报考的想法，当下便得到了首长的热情支持。连指导员辛良也拍着爱民的肩膀说："小窦，你的想法很好，祝你一举成功！"爱民如鱼得水，学习更勤奋了，白天照常工作，夜里挑灯苦读，他怕影响战友休息，就趴在被窝里支蓬着被子，打着手电筒默默地记心得，写算式，直到完成制订的学习计划、目标和任务。

一分辛苦，一分汗水，一分收获，付出与收获成正比。考试结束后，爱民深深地松了一口气，他没有旁人的懊悔感："这题我好像做过但不记得了，是怎么做来着？"所考内容爱民都不陌生，好像是老友相见，分外高兴、热情。在试卷上"刷刷"地做起来，好像是笔走龙蛇，马踏坦途，非常得意。语文考试，爱民提前了二十分钟答完卷，还做了一遍完整的卷面检查。数学试题不到八十分钟就做完了，又重点做了析题验算，确认无误后，爱民才满意地交卷了。考完之后，心里无憾，他也不再多考虑，就径直赶回营房，提前值班去了。

窦爱国的妹子窦爱红，也上了盆阳市一中，恰好是应届毕业生。平日里抱定一个主意，要为中华振兴而读书，为国家的强大做出自己应有的贡献，不辜负党和人民的培养教育。爱红这样想，也这样做，是因为她深知祖国的过去和昨天。每当想到国家过去所承受的苦难，爱红就淌下悲伤的眼泪。

近代以来，由于中国的贫穷落后，而招致无数人饥寒交迫，食不果腹，特别是鸦片战争后，华夏大地不仅内忧，更兼外患，侵略者的铁蹄肆意践踏，使国民饱受西方列强的欺凌和侮辱，有多少无辜同胞惨死在帝国主义侵略者的刀枪之下，致使国家破碎，百姓妻离子散，家破人亡，陷入水深火热的痛苦生活之中。原因是什么？就是我们国家的落后。

如今我们迈入了新时代，打败并赶走了侵略者，消灭了反动派，要赶紧用知识武装人们的头脑，特别是青年人的头脑。那就要好好学习，用我们一代又一代的不断努力，把国家建设好，不再让悲剧重演。正因为这样，学子不应当把学习仅仅作为自己谋生的手段，更重要的是把其当成振兴中华的基础，当作自己的一个重大责任和使命，从而把刻苦学习作为自觉行动。爱红对身边的同学说："中国是我们的家，我们要让这个家在世界上有地位、有威望，为世界的和平与发展做贡献。"大家听了都大受感动。

思想明，眼就亮，路就知道该咋走。爱红知道自己的家虽与过去相较，已经是一年比一年强了，但仍不算富裕。因此，她在学校除了生活上、学习上必须用的钱以外，绝不乱花一分钱。爱红虽是女生，但并不眼红身边有的同学烫发、穿漂亮裙子等，只弄盆清水，用肥皂洗洗脸，买条皮筋，扎个马尾辫，为的是省力、省时又省钱。在学校，她除了上课认真听讲、完成作业外，课余时间还成立了一个"自学小组"，三五个同学在一起，对于自己解不开的重点、难点问题，进行集体讨论，让大家从对典型题例的解析中受到启发，并且由此及彼，融会贯通。经过一段时间的实践，效果显著，使同学们均大有进步，解决问题的能力大大提高，学习成绩连连上升。这一方法，也很快得到老师和学校的认可及推广。

临近高考了，大家还像往日一样沉着冷静，没有半点慌张，因平素用功，便不需要临阵磨枪。不过，爱红和她的同学们心里是万分激动和兴奋。他们都想着多少年寒窗苦读，如今终于要"上战场了"，平时学习的效果就要得到"检验"了，虽然说一次考试并不能证明什么，但这也是穷苦学子能够改变命运的一个重要途径，一个不仅重要且十分公平的途径。今年这一遭，轮到爱红他们了，这怎能不让人喜上眉梢？

高考的日子来到了，这一天，爱红一听到当时集中安装的随处都有的如碗口大的喇叭形振动纸做成的有线广播响了，播送着《东方红》的乐曲，就赶紧起床，按捺不住兴奋的心情，匆匆洗漱完毕，就随队伍来到高考地点。没等敲预备钟，爱红他们就已做好了一切准备。开考的钟声"当当"地响了，大家像临阵打仗的战士一样，立刻"冲"进教室，接受这场考试的庄严检阅。

考场上鸦雀无声，只有那清晰的"沙沙"的翻试卷声和"刺棱刺棱"的写字声有节奏地响着，监考老师在来回走动。每一位学生都在专注地、不停地做着自己的卷子，当老师来到临过道的窦爱红的桌旁，看到她的卷面工整干净，已做了一多半，这才不到四十分钟。再细看一下答案，凭老师的感觉认定正确无误，心里替她欢喜，这些还全在爱红的不知不觉中。放眼望去，整个教室一片静谧，监考老师和考生成了无声的朋友，相互用卷子在静静地沟通。

五十分钟、六十分钟、七十分钟……奋笔疾书的考生越来越少了，大家都开始检查、核算，最大程度发挥出自己的实力。终于，钟声响起来了，大家按序走出考场，大部分考生的脸上都洋溢着喜悦的笑容。窦爱红等迫不及待地奔去操场，大家三五成群散坐在一起，欢快地交流着考题的答案，个个都露出了笑容。考试结束了，爱红他们认为此次参考，打了一场检验知识的大胜仗，没有愧对老师对他们的谆谆教诲。

八月中下旬，爱民虽在部队，却一直在惦记着妹妹爱红的考试情况，妹妹爱红也在等待着哥哥爱民的考试成绩，虽是千里之隔，却都在相互想着同一件事情。

八月二十日，"青衣特使"骑着自行车托着大布袋，朝着窦爱红的家驰来，车还离得大老远，有一对喜鹊飞过来，它们仿佛要先报信，"唧唧喳喳"地叫个不停。就在这当儿，邮递员就赶到了门前，喊道："这是窦爱红的家吗？请赶快出来签字，领大学录取通知书。"金黄的"中国人民大学"的字闪闪发光，爱红闻讯迎了上来，含着热泪说："感谢您让俺及时得了喜讯，吃了定心丸。"爱红心里想，今后又踏上了新的征程。这些话还没有说出口，邮递员为赶时间，背过脸已经远去。不知道有多少家的喜讯要报呢，邮递员的背影都笼罩着一束光辉。

回到家里，一家人得知了这个消息，都激动得热泪盈眶，爱红心想着晚上给爱民哥哥打个电话，分享快乐，趁机也了解一下他的情况。

谁知中午时分，村庄上代销点的电话铃响了，店里的孙继先大哥接起电话问："谁呀？"

"我是窦爱民，麻烦你让爱红接个电话，就说有好消息。"

见张继先急如星火来到家里，爱红就猜到几分。果不其然，正是说的此事，也是正应了她猜想的结果，哥哥爱民被中央军事学院录取，即将入校。

这一家兄妹二人齐登科的消息不胫而走，传遍了附近乡村的家家户户。退休教师任继为深情地说："这是对恢复高考制度的赞歌，是对青年人的鼓励和引导，也为加快社会主义现代化建设提供了很好的人才保证和支撑。"

第九章　春江水暖鸭先知　众家迎来富丽天

　　阳春三月，如意湖畔，成行的垂柳，吐出了淡黄色的嫩芽，在微风习习中，婆娑着身影，显示出一种非凡的美，同时也预示着一个万物复苏的季节的到来。

　　一天夜里，窦盼福做了一个令他兴奋的梦，梦见自己正在河里洗澡。河的北边有一座桥，经过多年水流的冲刷，在下边形成了一个圆形锅底状的足有二三十平方米的大坑。平常河水不断流，水在这里盘旋而过，即便河水断流时，这大坑的水也丝毫不减。据熟悉这里情况的人说，这坑得有大约两三丈深，因此都称它潭涡。那水黑绿黑绿的，一眼看不到底，只见有大小成群的鱼，在水中一会儿深一会儿浅，一会儿左一会儿右地游着，好不悠闲自在。

　　鱼是这样的心情，人却不然。早听人们传说，这里曾在热天多次淹死过洗澡的人。因此，人们都称这里为"鬼潭"。但由于没有消夏的处所，人们仍冒险在这里洗澡。窦盼福心中这样想着，洗澡也就不踏实。洗着洗着，忽然间觉得身子一晃，随着锅底潭的形势，滑到了中间，他也不会游泳，便慢慢沉入水中，又觉得憋气，本能地开始往上挣扎。盼福稍一露出水面，就又沉了下去……在这危急万分之际，被在岸上的人们发现，大伙"扑通扑通"地跃入水中，架起盼福的胳膊，赶紧把他往水面上推。接着又往岸边拽，一直到把他安全地托上岸。这时，盼福才感到自己得救了，不再害怕了，然而自己也从梦中醒了过来。

听人说，这梦是人白天际遇的征兆。对此，盼福始终半信半疑，不知梦为哪般。都说周公能解梦，只可惜其已离我们过去了数千年，怎能问及？其实，梦是思念，梦是渴望，梦有着时代的特征，只有在大好的背景下，才会做如意的梦。这是梦产生的基础和原因。盼福思忖着，内心自我解释着，正如没有共产党就没有社会主义，没有改革开放就没有人们今天的美好生活一样。

一天上午，大队部来了两位男同志，个子高低相仿，只是年龄上稍有差别。一位看上去三十五六岁，另一位二十六七岁。他们都骑着自行车，各带着公文包，都装得满满的，鼓鼓囊囊。一见到门口值班的夏泠泠，就说明了来意，称他们是大兴制革厂做人事外调工作的，特来村里给原厂职工窦盼福送发复职工作通知书的。

小夏闻知，不敢怠慢，赶紧收拾一下东西，不到片刻工夫，就陪同两位同志来到窦盼福的家。庄上的人一看大队的小夏带着两位陌生人来，想必不是一般的事，都像看西洋镜一样围了上来。

一听说是让盼福回厂复职的事，大家是既高兴又惋惜，先是笑后是皱眉。

老农安民喜说："真是党的政策好，啥时候都不亏待人。

043

你看人家回来这么多年了，厂里也没把人家忘了，今天还特意来请回厂。"

妇女队长艾香说："他这一走，咱村里可少了一个骨干，是咱工作的一大损失啊！可咱不能耽误人家的大事。要大局为重，局部服从整体。这是组织决定，这是落实党的政策，走就让人畅快地走吧！"

话刚落音，消息就传到家中，华瑰梅正好半晌歇工，回来照护一下院里喂养的猪、鸡、鸭等牲畜。一得知这个好消息，她心里特别激动和高兴，二话没说，连忙捎信让在地里种春玉米的盼福回来，并立马收拾准备弄一桌菜招待一下客人们。

可人家怕麻烦家里，并且还有别的事，只把通知书留下，委托大队的人向盼福讲明情况，然后就急匆匆地离去了。

盼福回到家，见是让自己复职的事，顿时热泪滚滚，一股暖流涌遍全身。他心想，自己是一个普普通通的职工，能得到组织上这样的厚待，这是旧社会和任何地方都不能想象的事。

盼福觉得，这是一个重要任务，它饱含着党的深情，也体现着家乡干部群众和父老乡亲的支持，不能多犹豫。于是第二天，一大早看着一夜未休息仍眨着眼的晨星，好像表达对盼福踏上新征程的美好祝愿。盼福会意，就立即蹬上自行车，疾驰在路上，心里还一个劲儿地在想："这责任重大呀，任重而道远，要牢记自己的使命和担当。"

不多久，厂里、市里"先进生产者""模范劳动者"的大红喜报和奖状，一个接一个地寄回家乡，送往家里。全家人都为这接二连三传来的喜事而兴奋得夜不能眠，大队部还专门为此召开座谈会，以示庆贺，也与之分享光荣，让这种奋力奉献的精神发扬光大，使其更好地自励和励人。

这边是窦盼福的事，那边又传来了窦爱国的喜讯……

爱国自从入伍至今已有八年，虽说时间不算太长，可在人生的历程中占有很重的比例。这八年是不平常的八年，而是备受煎熬的八年。他一方面受着生活的艰难，另一方面又受着工作不稳定（因是临时工）的煎熬，还受着政治上的考验，锻炼着自己怎样做人，做一个什么样的人，身心承受着多大的压力，使得一个从农村走出来的青年人的成长进步，特别曲折，心情上的压抑和苦闷可想而知。

那些年，农村青年只能通过当兵和上大学才能步入社会参加工作，而这两条路又十分狭窄。对爱国来说，那更是一道难以逾越的高墙壁垒。幸亏得遇公社党委驻队干部辛红诚等同志的推荐，才从这令人难熬的环境中解放出来，被抽调到公社参加"三夏战报"工作。

之后爱国虽连受重用，当了广播放大站工作人员，进而又当上了公社农业税征管员，但那都是临时工。在制度上不受保护，也被很多人看不起，并且临时工还有计划工和计划外用工之分，而计划外用工更是没有保障，随时都有可能被解雇。

爱国属于非计划工，不属于传统意义上的"铁饭碗"。他自己又进步心切，不想再回去，给人一种不好的印象，认为这孩子在外干得不好，被撵了回来，落一个不雅的名声。虽说干好是前提，但受政策的限制也在所难免。所以一听说要压缩计划外临时工，爱国的心里就发怵。他整天心里好像放着一块铅一样沉重，只想着自己的处境不好过。

此外，还有人为因素。人生活的环境绝非真空，俗话说"得罪不清，维持不完"。社会上的人存在着不同的思想认识，况且因人存有私心，你越干得好，干得突出，反而更招人家的嫉妒。这种事例虽然很少，但爱国确实遇到了。

所幸的是，爱国遇到的都是英明的领导，虽遭遇逆流，但都翻不了大浪。虽然如此，政策是硬性规定，不能轻易改变。幸而财政局的单解南局长等，在这种特殊背景下，没等之任之，而是积极地想办法向上级说明及反映情况，申请解决用工指标。

本来行政机关是根本不允许使用工人的，更别说计划工，特别是计划外临时工。然而就是在这严峻的情况下，上级非常关照地批了一个用工指标，这对一个普通人员来说，是不可想象的事。然而对爱国这个处于社会基层默默无闻的同志，正如人们所说的"猪八戒背捆烂套子——人没人，货没货"（人即社会关系，货即钱财），面对这件虽是极难的事却实现了。这体现了组织上的极大关怀，也反映了领导唯才是举的高尚品格。但这也只能解决暂时的问题，而根本的长远的问题，仍是没法解决。原因还是在于农村与城市的区别，换句话说是城乡的差别，这是那个时期所特有的现象。

说到这里，爱国就联想起一句人们所说的"人走时运事自成，马得伯乐而有为"。巧的是，说啥就有啥……

一九八〇年，财税分设，爱国被安排在了税务局。一九八二年，党和国家破除了建国几十年来固有的城乡"二元化"的格局，允许在机关事业单位招录人员，可以是城市的也可以是农村的，亦或称吃商品粮的和不吃商品粮的，且是一视同仁，平等对待。从而使农村青年长期以来感到自卑和头疼的问题得到了解决，好像搬掉了压在身上的大山那样轻松。

由于爱国平日里勤学苦练，积极肯干，掌握了过硬的知识和本领，一考试，名列前茅，不用自己跑腿，不用费心，有组织上对照政策、标准要求，按章办事。就是在这一年的九月份，爱国被录用为国家税务机关的正式干部，成了这次全国招录人员总数的八万分之一。

这自古以来未有的事，恰恰让爱国遇上了，那兴奋劲儿就甭说了。人常说喜极而泣，真不假，爱国这个刚强的青年，面对这一生唯求的难求的夙愿实现的时候，眼泪竟然控制不住地往外流，心里想着："要不是遇上社会主义的新时代，我哪会有今日？"

然而，爱国并没有因此满足，爱国认为，这是进一步做好工作的条件，是新的进步的基础和起点。他还想入党，还想为事业做出更多的努力，且有新的进步，不辜负组织和领导上对自己的培养和关怀。后来，由于工作需要，爱国于一九八五年调入盆阳市政府，并在此期间加入中国共产党。

爱国随后又由办事员升到科员、副局长、盆阳市委办公室副主任。虽说职位不能代表一个人有多少进步，但多少能衡量一个人的全面素养。同时还要与时俱进，要像老黄牛和春蚕那样毕生奋斗，发挥自己的作用。

一花盛开不是春，百花盛开普天欢。爱国家不仅为自己家的事而欢庆，同时也为别人家传来的好事而高兴。爱国的叔父窦盼今一家，大女儿在盆阳市棉纺厂上班，后来被保送到省纺织学院进修，毕业后回来当了厂里的工程技术员，成为窦家第一位女工程师。爱国的姑姑家，姑父在解放初期参加公私合营，现在落实政策，自二〇〇五年以来，还每月补发三十元工资。

二舅华大为，在解放上海战役中下落不明，身份无法确定。后在组织上的长期坚持、多方查寻下，在一处坍塌的断垣残壁的乱石堆中，扒出了一具已朽不成形的骨骼。但证件尚存，"中国人民解放军"镀金胸章上的字迹仍清晰可见。由此判定其牺牲在战场上，从而授予烈士称号，按照国家优待烈军属的政策，给予了安抚。

再看村上，牛奋力因跟爱国的父亲同辈，年龄略小，爱国称为牛叔的一家人又重新分得了责任田，五口人五亩地，自家农活自家干，不等、不靠、不要，全凭自觉，头一年就实现了交公粮后自给有余的喜人情景。但牛叔心里有数，这是让农民长期受压抑的积极性先得以释放，然后再做新的更好的规划。农业的根本出路在于机械化、集体化、规模化、集约化，将来还有更高级的网络化、智能化、智慧化。为了更进一步发展农业，让农民过上更美满的日子，国家不断出台新政策，大家也立马积极响应，听从国家的安排。

现在黄连村是这家比那家，一家比一家好，一家比一家的日子舒坦。家家都有拖拉机耕地，有汽车跑运输，还有收割机、插秧机……样样俱全，种地还免交公粮。过去都知农民辛苦，"面朝黄土背朝天"，干一年到头粮食不够吃，现在是种地不用力，全是机械来代替，可比那城里的上班族起早睡晚，按时按点挣工资美多了。过去农民争着进城当工人，而今城里人还想往乡下迁，这都是国家的新政策带来的前所未有的巨大变化。爱国一有空就回到家乡，倾听着村里几位乡亲的畅谈，一个劲儿点头，不住地称是，产生了强烈的共鸣。

第十章　时代不同婚庆异　喜乘东风更奋力

常言说，"男大当婚，女大当嫁"。爱国已进入了适婚年龄，来家里提亲的人络绎不绝，但这也不是一朝一夕的事。

那年爱国被安排在社里的广播放大站工作时，在驻地大队卫生所认识了一位叫祁富荣的姑娘。爱国见那姑娘朴实大方、端庄秀丽、谈吐不凡，并有几分才华，心想这正是自己所喜欢的人。两人在接触中互有爱意，只是中间隔着一层窗户纸，尚未点破。

事有不巧，没过多久，爱国又被调回公社，做农业税征收工作，两人分开了。虽然如此，爱国却丝毫不减对富荣的感情，只是因忙于工作，没顾上多与她联系，心里却在一个劲儿地惦记。

特殊的年代，赋予某些人好运。一年后的秋天，祁富荣被大队推荐到盆阳市医护专业学校学习，也恰巧与爱国所在的新兴公社离得很近，只半里之遥。一天下午，可能是刚上完自习，祁富荣来到新兴公社，谁也没想到他们会在这里相遇。

对爱国来说，那更是喜出望外，还是爱国先说话："富荣，你咋有时间来到这里，趁机会还来看我，没忘了咱们之间的情谊，这真使我感动。"

"是啊，我也没想能这么巧见到你，真是天下之大，无奇不有的巧事。既然见了，爱国，上你屋里稍坐一会儿。"富荣说。

"好，那咱就来屋吧。"爱国说。

于是两人上楼来到了爱国的办公室，爱国倒罢茶水同时落座。

富荣先开了口："爱国，咱们在公社放大站那会儿，俺确实对你很爱慕，只见你工作勤勤恳恳，兢兢业业，认真负责，人品也好，待人忠厚善良，长得也不错，身材魁伟，只盼能交上你作为朋友。后来你调走了，可我不久也上了学，一进入校门，就一门心思学习，也就没多考虑这事。今儿个来，碰见了你也算是来看你，不过还有另外的事。知道你公社有个叫惠看风的同志，所以也来随便一顾。"说着用眼神打量着爱国，看他有什么反应。

"噢噢，原来如此。"

爱国没往别处想，只把思绪转到了惠看风上。这人那年已三十六七岁，个子不算高，一米七左右，宽颧骨，低鼻梁，尖下巴，还有点驼背。他长着一对夜猫眼，卖过老鼠药，由村里来到社办厂，由于能说会道，善于奉迎人，因而得以进入乡镇企业办公室，后又不知怎么的变成集体正式工，并与妻子离异。一向没听说祈富荣与惠看风有什么联系，现在却主动来与人家见面，就心生疑窦。

一提到这里，爱国就不愿再往下想，便问："你知道他在哪屋？"

"知道啊。"爱国心想可能她已不是来第一次，"那好，稍后你可就过去。"

　　这次见面，已经过去月余，爱国心中虽有疑问，但也没把这件事放在心上。可是没隔多久，可能是事先准备好的信，趁爱国没在家，祁富荣将书信隔着门缝塞了进去。待晚上爱国下队回来，开门见地上有个信封，上面署着"过去的女友"的名字，未等再想就知道是谁。他看着这别扭的说辞，心里就不愿再想下去，等拆开一看，上面写着"你我友情从此一去，我已找好，不用多说，请你见信好自为之"。话虽不多，意思已经全明了。

　　爱国看着这封绝交信，脑子里一片空白，不知怎么办才好，半天才叹出一口气。

　　经历的曲折多了，啥也无所谓，正像人们说的"虱多不痒"，其实不是不痒，而是麻木了。

　　此后，爱国更加专心地工作和学习，久久为功，恰遇时运，光荣地成为一名国家税务人员。实践证明，只要有志气，肯吃苦，总有出头之日。但好运虽来，仍改变不了爱国的秉直性格。富贵不变心，贫贱志不移，爱情只求情投意合。

　　爱国面对众多的求婚者，只选中与自己经历相同、家庭相似的一位教师。他认为教师是心灵的工程师，有知识，能说到一起，相帮相助。

　　这接下来的就是婚庆之事。爱国一向勤俭节约，所以在这点上也是一样，反对大操大办，但也觉得不能寒酸，不能低于正常水平。于是就买了电视机、自行车和手表、被褥、立柜等，住进了刚盖的独院楼。待客只请了必须请的知己亲朋、男女双方家人和为自己牵线搭桥的领导。做到既不声不响，又有通常朋友相聚的欢声笑语。

婚假第二天，爱国就向所在的盆阳市税务局党组织呈交了放弃休息并要求到最边远、最艰苦的农村去，开展工商税收征管工作的"请战书"。接着，他如愿以偿来到了距城西北三四十里的料礓疙瘩处、一高一低的丘陵地带的旮旯乡。这里雨天是泥浆，旱天是夹辙路，文化、经济都相当落后，人送绰号"鸟见愁"。

上任伊始，爱国就先和当地组织联系，随便找个地方作为办公场所，接着调查走访这里的集体和私人工商企业经营的底子，搞好"放、管、扶"，做好"放水养鱼"和"养鸡下蛋"的工作。

他先调动鼓励社员的生产经营积极性，并按照党和国家的税收扶持政策，在一定期限内免征或减征工商税和所得税，从而涵养了税源。同时严格执行政策，该征的一分不漏，不该征的一点不多收，既"捡芝麻"又"抱西瓜"。这一举措在增加了税收的同时，也实现了经营者多得的双赢，促进了乡村经济的振兴和繁荣。

爱国觉得自己这样做还不够，还要号召大家都这样做。常言说"众人拾柴火焰高""人心齐泰山移"。于是就先后给自己远在部队的弟弟和正在大学念书的妹妹写信，也希望他们在各自的事业岗位上继续努力，争取不断取得新成绩，感恩国家，报效社会⋯⋯

第十一章　父退子继续伟业　亘古未有天恩情

　　"江山代有人才出""不废江山万古流"，这两句先人的名诗，本意是用来说明人才一代接一代，使人类的事业如磅礴不息的江河流水一样奔腾向前。今天借用此句，也正寓意工人阶级亦即窦家的事业后继有人。

　　自从窦盼福复职回厂，深感意义重大。所以一回厂上班，就一如既往地发挥模范带头作用，将生产发展纳入科技轨道，攻克了制革上的一道道难题。使厂里生产出来的皮革既光滑又柔软，厚薄匀适，质地优良。不仅数量增加——较过去增长了近三成，而且质量也大幅度提高，优质产品占百分之九十五以上。来自欧洲的一家制革服装生产厂商，伸着大拇指，用刚学会的不甚熟练的中文夸奖说"好得很"，一次订货就要了他们的精制皮革上万张，一时厂里产品出现了供不应求的可喜局面。

　　然而，正如人们所知道的"台上十分钟，台下十年功"。盼福带领车间的工人们，为此不知花费了多少心血和汗水，才有了这样的成效……

　　在那严寒的冬天，他们赤着双手，插进满是浸泡皮子的盐水缸里，连蜇带冻，使手指红肿，疼痛钻心，可是谁也不叫一声苦。盛夏天气，顶着烈日，他们光着膀子，按期检查腌浸皮革的情况。他们知道时间长了不好，时间短了也不行，要按火候取出，进入下一道工序，因那时的生产条件尚不先进，不得不使用这种原始、落后的方法。哪像现在都是电脑掌控，自动智能操作不用人操心，啥都弄得好好的。

往往是到成熟期，时间不能延误，他们就在现场吃饭，有时都得赶着完成任务后才休息，午饭常吃到下午两点，晚餐用到月升，用"日以继夜"来形容再恰当不过了。

工友牛栋风趣地对同伴说："咱们的车间主任盼福，工作起来好像是长了三头六臂，别看岁数比咱大，可干起活来，谁也撵不上人家。"

就凭着这些，盼福荣获了厂里和上级发给的一个个荣誉匾额，展现了工人的风采。

"但规律不可抗拒，年龄不饶人啊！"盼福常感叹说。他回想自己毕竟是将近花甲之人。当初来厂时，一晌熟个一二十张皮子，跟玩儿一样，不知道累是啥样子、啥个劲，可现在熟上十张八张，就觉得不行，气喘吁吁，汗流不止。这制革事业是我们国家的传统工艺，它用途广泛，技术独特，属尖端高档用品范畴，它代表着我们国家和民族一项悠久的传统特色工艺，是利国又利民的行业。但一个人干得再好，几个人干得再突出，也不能是百花竞开的春天，也不能永恒，需要有更多的人、大批的人会干才行。

想到这里，盼福一方面尽自己的力量，培养、提拔新手，使他们敢想敢试，学习与发扬并举，继承和创新并重，让他们站在工作生产的前列，并压担子，提课题，使他们脱颖而出，成为生产的能手和精英。另一方面，也根据国家的退休政策，在自己退了之后，使技术在自家也不失传，况且这制革是一项技术性很强的工作。因此，他一直考虑着让儿子接班的事宜，并将其摆上了个人议程，也更有利于技术的传承，让下一代继续为国家的制革事业做贡献。

说起这接班，是件好事却又是件新鲜事。盼福一直在内心萦思着这事。而今国家有政策，盼福退休了以后，可以有一个孩子接替自己的工作，由于耳濡目染，孩子可以学得快学得好。这对于我国的传统工艺技术的后续发展很有利，对小家而言也有了传承人。

可盼福既高兴，心里又有点犹豫。自己五个孩子，三男二女，大女儿情况特殊，不在身边。大儿子爱国虽已有工作，但还没有转正。二儿子参了军，老四爱红也已上了大学，还有排行老五的儿子爱先，高中刚毕业没考上大学，尚在家闲着。这几个人中，参军的、上大学的和已经上班的都好说，可还有两个，还算都没有正式工作，那就是爱国和爱先。

按理说应该让老大爱国接班，原因一是他是老大，应优先；二是他还是个临时工，不知到什么时候才能成为正式工；三是除了接班能打破农村孩子不能参加工作的现状，除此还没有别的出路可走。再说爱国年龄也不小了，因工作不稳定，他一直未考虑成家，这是个机会并顺风顺水，正当易行。可小儿子仍在农村，没上成大学，又没工作，终日愁眉苦脸。这真叫盼福为难。

这时在一旁的瑰梅对盼福讲："你可以征求一下爱国的意见，

然后再做决定。"

第二天一大早，盼福就来到爱国的单位。两人一见面，都知道是啥事，因这些天盼福退休的事成了家庭的中心话题。

爱国看着父亲一脸憔悴的模样。因在家盼福与瑰梅谈话中，认为爱国应当接，也能接，并可能要接，但内心想着不管怎么说，爱国好歹有了工作，想着一旦爱国真答应了要接班的事，这小儿子就没办法办了，所以盼福内心一直为此犯难，脸上密布愁云。

见了面想开口又没法开口，更不敢开口。正在盼福为难之际，爱国说："爸，我知道你是为那孩子接班的事来找我，这事好办。我想好了，决定让给小弟爱先去接。"

"真的？"盼福问。

"那太好了。这些天为此我吃不下饭，睡不着觉，这一下你算把爸的心病治好了。那你咋办？"盼福问。

"我不管怎样都要好好干工作，你啥都不用操心。"

听了爱国的话，盼福既夸爱国的大度，又欣慰爱国的思想水平之高。果不其然，后来爱国长期顾虑的工作大事，得以圆满解决。

紧接着，盼福就顺利地办理了父子的退接班手续。

盼福退休之后，人退心可没退，仍在考虑着"传、帮、带"的百年树人之事。不当"领头雁"了，可要当"护路人"，"愿为春泥更护花"，努力做好厂里生产技术的顾问。每逢三两日，他总要来厂里到工人中间问这问那，遇到哪些生产上的问题，就当即组织召开研讨会，直到使疑难解决方才为止。老工人申志发感慨地说："盼福为了咱们厂里的制革事业，成了个闲不住的人。"

爱先进厂的第一天，从家庭的温馨到感受社会的温暖，深感接班是自己参加工作的大好机会，要不是这样，自己命运还不着如何，那可真是"前途茫茫，不知路在何方"，所以要好好珍惜。

第十二章　红旗飘飘在心上　雨露滋润禾益壮

爱先接班以后，虽说爱国也是自愿"让位"的，但在爱国的心中，也堵住了曾一度幻想的能利用接班来解决自己的工作问题的去路。现在其他的出路都没有了，他更坚定了"背水一战"的决心。

爱国在盆阳市税务局得遇天时，经考试考核，被录用为国家税务干部，成为这批也是中华人民共和国成立以来首批全国录用税务干部的先例，完成了人生最大、最重要、最根本的工作的历史性跨越。爱国说："看似简单，其实是非常不容易，除了组织上、领导上的关怀和培养，也是我经过多年苦熬和磨炼才得来的。这说明了一个道理，只要好好干，并坚持下去，就一定会有好结果。老天会眷顾并降福于勤劳、诚实、善良的人。"

总而言之，不管怎么说，爱国度过了人生最难熬的阶段，从此开始了更加美好的人生，回顾以往工作与生活的艰难竭蹶，像是攀登那无数险峻陡峭的嵯峨山峰，转而到了宽广平坦的阳光大道。从此，他不仅不能停步，而且更要努力，不断迈向新的里程，那里有高高飘扬的红旗，将为他指向更加灿烂的前程。

新的生活给人带来了鼓舞，更给人以鞭策。时光到了一九八三年，由于不断学习，思维日益开阔。爱国曾主动要求分配到条件最艰苦、最困难的盆阳市西北二三十里地的"鸟不来"乡，后改为"奋博乡"。这里土地贫瘠，一般人因有各种实际情况，不愿到这里来。爱国却想，自己年轻，也无家庭负担，并且那里天高地阔，正是施展才华抱负的地方，同时也正因为艰苦、贫穷，才更需要我们来锻炼和改变它，让它变贫穷为富裕，让群众过上幸福美满的日子。

那天，春节刚过，还没到元宵节，爱国就冒着春寒，骑着单位配发的"长征牌"自行车，阳光还未跃出地平线，就来到了地处乡政府西南边的"龙盘沟"村的地里。人们正在这里干活，有的穿着件单薄的布衫，有的穿着件衬衣，有的拿着个耙子，有的握着个榔头，在热火朝天地平整土地。

窦家到爱国这一代，父母对其的希望也更大了。而今爱国被录用为国家干部，这在窦家祖上是绝无仅有的大好事。平常说的光宗耀祖，果真实现了。而今爱国成家已两年，爱人吕华已怀胎十月，眼看就要分娩了，虽身心疲惫，但心中也是洋溢着满满的幸福。爱国对吕华不仅是生活上的关照，还不断地找医生问这问那，做好各方面的保护事宜。

三天之后，吕华说："我的肚子里只觉得动。"

爱国闻说："那是时间到了，赶快送你到医院去吧！"说罢，就收拾东西，连夜陪着吕华来到了附近有名的冠华保健院。

冠华保健院坐落在盆阳市西新城区，东临文化大道，南临东西通往火车站的中州路，北依城市交通主动脉的昌盛路，交通十分畅通便利，来往方便快捷。院内宽广、雅静，院房一排排，整齐划一，门前有椭圆形花园，各种花卉五彩缤纷，争奇斗艳，生机盎然。挺立的苍松耸入云天，象征着期望每一个刚初生的孩子，将来都是顶天立地的栋梁之材。再看楼房之间纵横交错，笔直的道路铺着沥青，明亮展平，寓意着希望刚出生的孩子们今后的成长没有曲折障碍，一帆风顺。

当爱国看着这里的一切，正在触景生情沉浸在美好的遐想之中，忽听产房中传来婴儿清脆响亮的“哏哇哏哇”的哭啼声。

接着护士高声喊道：“哪位是吕华的丈夫？孩子已降生，赶快到病房陪护。”

爱国一听既惊又喜：“这么快就生了！”

不由多想，爱国就跟着医生来到了妇幼护理病房，当看到母子相依在一起，孩子正张着小口，伸着小手，挠抓着母亲的乳房，不停地吃奶时，爱国兴奋地说：“我当爸爸了！”于是就三步并作两步地跑到跟前，拽拽被子，吻吻孩子的小手，简直不知怎么亲才好，然后对吕华说，“你受苦了，想吃什么？我马上给你做去……”

温暖的话语，让吕华心里顿感热乎乎的。话音刚落地，不敢停事，爱国就赶紧来到伙房，让人做好鸡蛋面疙瘩汤，还撒着红糖，趁着热气腾腾，端到吕华面前，双手捧着让妻子一匙一匙地舀着喝。

按当地的风俗习惯，妻子生小孩后，第一件事就是上岳母家报喜。报喜还有讲究，生男孩带一块大肉礼条，生女孩带一包白砂糖。这天一大早，爱国就实实在在地包了一包足足有五斤重的白砂糖。骑着自行车，迎着呼呼劲吹的寒风，朝着岳母家所在的盆阳市北郊十来里地的花寨村驰去。天气虽然这么冷，然而因紧张和劳累，使爱国身上一个劲儿地出汗，额头上直冒热气。刚一到村东边的桥头，几个正在玩耍的小孩，一看是爱国来了，就纷纷围过来，姑父长姑父短的喊叫着。其中一位小朋友趁势拔腿就跑，向着西边的爱国岳母家去报信。

爱国进了岳母家院，岳母、岳父已在门口迎接，且心里早就料想着是为什么事而来的，满面笑容地说："爱国，路上跑累了，快上屋歇歇。"

"爸，我是来向您报喜的，吕华正在保健院照顾孩子……"

岳母看着爱国手里提着的纸包，就知道了生的是男孩还是女孩，笑容突然散去。看着这表情，爱国就知道了几分缘由。

一进屋，爱国就马上安慰岳父、岳母："现在生男生女都一样，男女平等，女孩和男孩享有一样的权利。这和过去的任何时代都不一样。"

"经你这么一说，俺心里踏实了，不再为生女孩担忧发愁了。"岳母说。

知道岳父、岳母思想通了，爱国的心也就放下了。不过，爱国进一层想，这岳父、岳母的思想疙瘩，从另一种层面上分析，也是因他而生。按大多数情况来说，其实生男生女主要关系男方家的事，与娘家并无多大关系，怕的是因生了女孩男方家不高兴，所以是为男方家愁闷。

既然孩子的爸爸都没顾虑，那娘家就更没啥可说了。看着二老脸上泛起了笑容，知道大家都想通了，接着爱国想起给孩子起个名字的事，借此机会应给岳父、岳母通个气，征求一下老人家的意见。因孩子出生在早上七点多钟，按时辰有象征意义地起个名叫"如旭"。

"对对对，这个名字起得好，很有寓意。孩子如初升的太阳，充满无限生机，意味着前程的远大壮丽。"岳父是个教师，颇懂文理，听后连连称赞。

窦如旭出生的第十二天，按照当地规矩，要待"米面客"，以庆贺孩子的出生，于是窦家就精心张罗着这待客庆贺的事。

这隆重可要有个隆重法，决不搞那吃吃喝喝、铺张浪费的一套，要倡导和践行文明、健康、节俭、有意义的庆诞之举。不仅自家这样做，也让参加的人仿照而行。

首先，让来客吃饱吃好，这是前提、必须。在这之后，紧接着爱国特意来到书店，为窦如旭选购了幼儿图文识字课本，又买来了幼儿音乐磁带和趣味故事书，收录机及玩具等。为孩子的早期学习和学前教育做好了准备。

其次，大家围绕孩子的名字猜谜语，将姓名组成有意义的成语、典故，看谁说得多，讲得好，对成绩突出者给予表扬和奖励，并记入孩子纪念档案，让小孩长大后回忆和受到激励。

再次，举办预测孩子成长趋向"座谈会"。让大家综合孩子的性别、环境、性格，发表自己对孩子今后进步、成才的看法和愿望，若是应验者，作为孩子的师母，享尊终生。

最后，组织召开孩子培养教育经验交流会。一是聘请有一定成效的幼儿教育专家，即席讲授其工作的成就与体会。不仅是本身受到了教益，也使参会者得到精神收获。二是与会者介绍自己育才的实践和感悟，做到互相借鉴、启示和参考，起到了弘扬先进、取长补短，共同提高的作用。

与会者有孩子的叔叔、婶婶、姑姑、爷爷、奶奶、姨母、姨父、舅舅、舅母和外爷、外祖母及相关的幼教专家、教师等二十余人。

孩子的姑姑窦颂华说："今天这样的诞庆会，举办得既简朴又丰盛，既风趣又典雅，既寓教又欢乐，真是别具一格，独到新颖。"

第十三章　盼得鸿雁传书来　报得春光满堂辉

　　爱国家喜得千金的事，惹得爷爷、奶奶一大家，大人老小都高兴得喜笑颜开。在待米面客那天，所来的人都来了，可唯独就缺了个远在部队的窦爱民。这本也没有什么奇怪的，因为部队不同于一般的地方，担当着保卫边防，保障国家安全的重任。所以在场的人们都想到了，也都注意到了，于是也都不在意，认为这是可想而知，可以理解的事。

　　可这在窦家，尤其是在爷爷窦盼福、奶奶华瑰梅的心里，却是一件不同寻常的事。特别是在这喜庆的日子，更使得两位老人心绪不宁，想子、念子的情怀，一个劲儿地涌上胸中。

　　爱民是二十世纪七十年代末参的军，从此开始了军旅生涯，至今已有四个年头。其间每隔月把子，他总要给家里写封信，向父母汇报一下自己的工作、生活情况，并问候。这已形成了一个惯例，成了一个规律。因此，每到月初，两位老人都翘首以待，有时是站在门口，有时是跑到村口，等着邮递员的到来。每一次等到后，都是喜上眉梢，把接到了的每一封信看成是遇上了一件大喜事，兴奋得不得了。

　　在等的过程中，由于心急，母亲口里总是不断地念叨着："邮递员今儿个咋还不来，是不是有啥事了？"说着还不停地在地上踱着步。

这送信，也是天天日不错影的。不大一会儿，邮递员骑着车子就到了。人家习惯了、猜透了她的心理，一到，第一件事就是伸伸胳膊看一下手表说："大婶，你好！现在是九点半，与往常时间不差吧？"因为熟了，就诙谐地称人家邮递员邓德美为"来及时"。

"不差，比往常还提前了几分钟呢。不过，俺心急，总盼你来得再早些。"瑰梅微笑着回答。

可是近来却不是这样，要么是等不着，没有这里的信件。要么是等着了，然而没有自家的信。只听邮递员邓德美说："大婶，今天没你家的信。"然后说声"再见"就骑着车走了。留下了瑰梅悻悻然又闷闷不乐地归去。这已经是好多次了。

因此，华瑰梅情不自禁地想这想那。但又不敢多想，她知道孩子在家的情况，好学肯干，又忠厚仁爱。"这准是忙得很，顾不着往家写信。"瑰梅心里自我安慰地想着，可禁不住仍是整天一个劲儿地怀念。于是晚上就做了个梦，见儿子有时在埋头书案；有时在军营勤奋苦练；有时在和战友们一起畅谈；有时到附近群众家中走访。看着和在家时一样，只是做事更细、更多、更得人心，还不由自主地说道："儿子做的事，妈看在眼里，喜在心里，满意的如我心愿。"即便从梦中醒来，华瑰梅依旧沉浸在甜美之中。

因这个梦做得很深刻，瑰梅咋也忘记不了，白天便与丈夫盼福及孩子爱国说起了这个梦，谈得有声有色的，还听到有人说"梦是现实的兆头和反映"，于是心里更是浮想联翩起来。

又想着俗话说"梦想成真"，于是她就踏实了许多，可还是左想右想不由自主地就"想必是、想必是不可预料……"起来。

原来，爱民参军以后，被分配在解放军某部做信息工作。由于爱学，肯吃苦，他很讨领导的喜爱，很快被调到连部任参谋，又为指导员。有一天，通信员荣尚有来到爱民办公室，却见其头趴在桌面上，心立即可就慌了，马上贴近耳朵喊："指导员、指导员，你醒醒，营部通知你去开会……"等了好大一会儿，才听窦爱民有气无力地应了一声"行"，接着又晕了过去。荣尚有赶紧拨通了医疗室的电话，医生放下电话就急步赶来，一刻不停地实施现场急救，量血压、打针、输液……待到病人苏醒过来，已是下午三点。根据医生的诊治，人们方知爱民是因长期超负荷工作，致使昏厥而患的"过劳症"。幸亏得病的时间不长，尚无大碍。

爱民本来是经常定时往家里寄信的，因忙得很，竟忘记了这事，而今想起了，又不愿这时写，怕家里知道了实情，又让父母操心。但不说又不行，时间越长，父母自然更不安。于是就给哥哥爱国打了个电话，谎称最近太忙。因一说忙，家里就理解，就支持，待过几天再写信寄回家。由此，使不了解真相的父母得到了安慰。

瞭望山河多壮美，瞩目大地更生机。盼福舒心地笑了……这里既有高兴，更有新的关切和期望。

第十四章　春华秋实结硕果　人生理想谱彩章

好事传千里，佳音喜人心。青山似玉翠，引鸟比翼飞。

爱民在部队受到了嘉奖，喜报不仅发到了老家，爱民的妹妹爱红所在的大学也知道了。虽然爱红对此守口如瓶，不会过度张扬，但在这信息发达的时代里，消息不胫而走，速度惊人。

因此，一张张笑脸蜂拥而来，一声声颂语不绝于耳。同学一见她就说："俺为你家和你的哥哥而喝彩，并且俺也知道'近朱者赤，近墨者黑''近水楼台先得月'的道理，深知你一定也会从中得到非同寻常的激励和进步。"爱红听着这一句句真挚的话语，心中有说不尽的深沉的回忆和无比美好的向往。

她的心啊情啊，倏地飞回到了那上大学前的时光。远的不说，就说近的，别的不说，就说自己家里吧。要说哥哥爱国，那可是一个爱党爱国求知上进的学生。在小学毕业时的二十世纪六十年代中期，全村与他同届的数名学生中，在当时初中只有城里才仅有几所的情况下，考学好比考"状元"，唯独他才考中。不说千里挑一，也是百中难选，成了全村人羡慕、赞美的范例。村上的廉正范大叔说："爱国俺是从小见大，一向沉稳寡语，知道是个很懂事、很成器的孩子，果不其然，就人家考中了'秀才'。"

廉大叔的话，虽已过了二十余年，但爱红仍觉犹在，耳畔回响。同时，还在不断印证着。进入初中以后，哥哥爱国为了节省走十多里地上学的时间，就寄住在亲戚家。虽说距离近了一半，但对一个十多岁的孩子来说，吃住不在校，早晚还要上自习，那也是辛苦得够呛了。

可是哥哥爱国并没有被这些困苦所吓倒……她还清楚地记得在那家里三间陈旧的北屋草房，东西两面墙上贴满了奖状，有"三好学生""优秀班干部"等。那不仅是哥哥爱国的成长见证，也给弟弟和妹妹们指明了前进的方向，树立了做人的榜样。

后来到了稍微懂事的年纪，爱国就树立了保家卫国的志向，放学走在路上，还自我念诵着"要当一名解放军战士，为祖国站岗"，还特别喜欢唱那个时代人们都熟悉、爱唱的"我是一个兵，爱护老百姓……"的歌曲，从而打小就铸就了当兵的梦。可是第一次当兵就被拒绝于门外，当兵梦变成了泡影。

反之，想到自己、想到今天，自己要多幸运有多幸运，要多幸福有多幸福。自己一举成功，顺利地跨入了大学门槛，得以成为一名当代荣耀的大学生，越想越觉得自己生逢其时，并为此感到满足。

可正在这当儿，却打个冷战，忽然觉得就在这"满足"的背后，可能隐藏着一种不敢想象的可怕的东西，那就是不思进取。自己的哥哥爱国尽管多次遭遇坎坷与磨难，几近悲痛欲绝的境地。可人家不甘沉沦，愈挫愈奋，越战越勇。从另一方面来说，那样的情景反而使他有了更加奋进的动力和加速器，使以后所走的人生道路更加坚实。而自己呢？人生一帆风顺，但因缺少风雨的洗礼，不知征途的艰难，很可能意志脆弱。万一遇见挫折，后果会不可想象——意志消沉，不打自倒。这是自己潜在的多么令人忧虑可怕的问题，可不能不察不防啊！

于是爱红就在自己寝室的床头，用毛笔认认真真地写下"牢记使命，砥砺前行"八个大字，作为座右铭。她天天看，月月想，以激励自己有"不到长城非好汉"的刚强信念和决心。

今天上大学，明天干什么？这一重大现实问题，时时刻刻等着爱红回答。自己学的中文系，且是学历史的。历史要为现实服务，服务可以说就是宣传，宣传需要用笔。自己是拿笔的，就要担当起光荣使命，而记者担负着宣传重任。因此记者是自己最热爱、最崇尚的职业。目标明确了，从此就用勤奋刻苦和钻研的劲，加紧学习，过好大学生活。

"书山有路勤为径，学海无涯苦作舟。"这句人人都熟知的话语，在窦爱红身上有了更深刻的体验。四年来，她屋里仅读书笔记就装了两大麻袋，体重由大一时的一百三十斤变成了如今的不到一百一十斤。瘦了，人也显得更高挑了。为此，班里的同学戏谑地说："爱红上大学知识学好了，身子也苗条了，成了'窈窕淑女'，引来君子排队相求。"爱红听着同学们的玩笑话，脸上通红了起来："去你们的吧，说的算啥呀！"嘴上虽这么说，心里总还是美滋滋的。

毕业考试结束了，榜上公布了学生的学习成绩。爱红排在第五名，论文评比得了头名，她的论文题目是《新闻工作者的宗旨与任务》，她以言简意赅的语言，精辟地阐述了新闻的政治性、社会性、艺术性、及时性、真实性，强调几个方面缺一不可，紧密相连，互为依存。

　　根据爱红的学业成绩和水平，并结合她自己的想法，学校将其分配在了一家央级报社做编辑。对此，别人都羡慕得很，而她却不想过得太安逸，又立马要求下基层，到社会部去当记者，理由是要从头做起，从实际做起，从基础做起，真正发挥出一名记者的作用。

第十五章　家住房屋几拆建　日子所过逐高甜

　　时光如闪电，日子好了觉得过得快。不知不觉到了二十世纪九十年代，盼福看着孩子们思想进步，奋发向上，在各自的岗位上都干得像个样子，心里有说不尽的甜。想着这都归功于学校的培养与教育，也因此为窦家争了光，可以稍微告慰已去的列祖列宗。

　　然而再转念一想，比比村里过去的农户，老邻居按照村里的规划，都已先后盖起了崭新、整齐、漂亮的平房，而自家虽然这些年为孩子们的上学花费了不少心血，可现在都已参加工作了，咱也得开始顾顾这盖房的事，于是就和妻子商量。

　　不过说起这盖房，可也不是件第一次做的新鲜事了。算起来是第三次了，以后又有两次。爱国一听说父母要盖房，就非常支持，认为这是村里的统一规划，别家都已先后盖了起来，只有为数不多的，包括自己家在内的没有建盖，老辙房子立在那斜楞着，实在影响村里的整体形象，况且家里也有了足够的条件。更进一步说，父母辛苦了大半辈子，也该享受享受新平房的居住生活。

　　说到这里就想起以前的三拆两建的事。第一次拆是二十世纪七十年代初，听说是爷爷奶奶将将就就盖的，土打的墙裂着粗绳般的缝，从墙顶斜有一丈多延伸到墙根。只见有牛虻（méng）和蜥蜴由这里进进出出地忙个不停，每到夜晚还有蟋蟀从里边发出"吱吱吱"的声音，简直成了虫类的乐园。时间久了，习惯了，这些声音变成了家里人的"催眠曲"。每到下雨，只见外边下大雨，屋里下小雨，用盆啊、罐啊、桶啊接水。特别是夜间下雨刮风，人吓得心都提到嗓子眼上，心里直打鼓，发怵极了，经常是"下雨盼天晴，夜里巴天明"。后来随着家里日子的改善，便将其扒了，本想着房子上的废料可以燃火，谁知一抖搂，成了一堆灰，烧都烧不着。按当时的条件，新盖的房虽比过去好点，也只能盖成"罗汉衫"。

第二次拆建是二十世纪八十年代初，当时爱国已经工作多年，弟弟妹妹一边上学一边也能参加一些劳动，父母尚年轻，同样能劳动，日子更加富裕，加之觉得孩子们大了，需要分开另住，于是就把"罗汉衫"房扒了，重新盖上了四间土瓦房。既结实耐用又好看，这比上次更加阔气，全部用卧砖到顶，还用新式玻璃窗户，透光面既大又好，搁现在不算啥，但在当时来说也算"豪宅"。与别家相比，可算首屈一指了。

第三次是二十世纪九十年代初，就是现在这一次。虽然房子没有坏，但老式房子不能晒粮，没有其他利用价值，而平房可以盛物，冬日又可晒太阳，还可养花，具有多种功能，优点较多，并且是单元式的，不用出屋，啥事都可以办。别人家都是这样的房屋样式了，父母也很羡慕。为此，就提前来了个更新换代，建起了城市单元式平房。

第四次是二〇〇八年，这一回是提质升级。父母住进了平房以后，感觉比传统房好多了，但又遇上了新问题，那就是夏天由于屋内上下空间比较低，没有传统起脊房那样宽阔，太阳一晒，把水泥顶晒透了，热气聚到了屋里，室内蒸热。为了解决这个矛盾，便采取续接的办法，把一层平房变成二层楼房。由于家里经济条件比以前好了许多，所以盖起来也不觉得吃力，很快就把设想和需求变成了现实。

谁知比这更好的还在后头，那就是第五次整体大拆建。天时给人们带来了更大的福气。二〇一二年秋，国家要在这里举办大型农民体育运动会，特别是对黄连村这一带实行了突飞猛进的开发利用，建起了新闻指挥中心，也相应的建起住宅小区，这里的村民居住的原低层楼房，全在规划改造之列。刹那间，昔日看着也不错的居民新村，马上被纵横错落、鳞次栉比的高楼大厦所取代。盼福一家也搬进了以前根本想象不到的摩天大楼，不用出门就可领略到祖国的大好河山。

华瑰梅感慨万千，屏神凝目地回想自己过去那艰辛的生活历程。为了盖房，为了供孩子们上学，自己养鸡下的鸡蛋舍不得吃，拿到街上去换俩钱。喂头猪，年下了舍不得杀，为的是卖了能攒点钱。养只羊，巴明起早去割草，卖了一分舍不得花。烧锅没柴火，有时就把墙脚的散乱鸡屎揽揽用。锅烂了先把锅下的火点着，然后就趁着火光，在上边看着哪里透气就对应着，用面团将锅上烂的地方糊糊，按本地方言叫"渍渍"，干了兑上水继续使用。能将就一会儿是一会儿，少花一分，就等于多攒一分，就能为办大事少作难一分。

第十六章　兄弟相继结蒂莲　自料家事炼撑天

爱国家住附近的七一街心公园，近些年来经过不断整理改造，这里的治理水平日益提升，环境愈加宜人，成了人们聊天、锻炼身体的好场所，每天都有成百上千的人来此游园。

这里最引人注目的是一块花卉苗圃基地，栽培生长着特别肥壮的伞一般大的球型月季花树。一棵上面开着青、黄、红、白、蓝等各种颜色的碗口大的花，甚是喜人。园艺工人对它们无微不至地培护，不仅是浇水、施肥，还经常修剪，保持通风透光……总之，需要做到的不漏一项。

岁月变迁，爱民和爱先相继到了成婚的年纪。为此事，爱民的同事潘卫仁终于有一天忍不住说："爱民呀，同志们认为你整天忙于工作，这是对的，但也得考虑一下自己的终身大事啊，得有个家呀！两人也好有个照应，万一有个头痛发热的，也使单位和大伙儿放心。咱单位机要室的夏爽同志，工作责任心强，长得又漂亮，性格温和，且又贤雅，与你年龄相仿，刚大学毕业两年，二十四五岁，正想找个像你这样有事业心的男士为伴。我们想着，倘若你们结合，不仅能过好日子，还能在工作上互相帮助，优势互补，可以说是天造地设一般。再没有更合适的了！"

别看爱民在工作上那么朗利，可在这谈情说爱上，却腼腆得像个姑娘。一说起这事，他脸就红了，然后他慢慢地说："谢谢大家对我的关心，只要人家不嫌弃咱，咱就没意见。"

听了这话，潘卫仁意想不到地精神起来，只想着爱民是个"工作狂"，只要一对他说起这事，准会碰一鼻子灰。不知今天咋会真给面子，想必这是有缘，看起来这喜糖是有希望吃着了。

第二天，潘卫仁就赶紧来到机要室，见夏爽正在忙着整理资料，不敢扰乱她的工作思绪，就在门口静悄悄地等着。也好，正可利用这会儿思考一下怎么说才更妙。

只见夏爽把用过的和发来的文书，这一沓，那一摞，分门别类放好，依序存入档案柜。这时潘卫仁不愿明说，咳嗽一声，给个信号。夏爽警惕地扭过头来，惊奇地说："啊，是卫仁哥呀，这会儿你咋闲了，有工夫来这儿，快进来坐，有啥事您吩咐。"

"夏爽，我这是'无事不登三宝殿哪'！想当'月老'，充个'红娘'，为你操劳奔忙，不知允否？"

这一说，可把夏爽说得手足无措，羞怯地回答："那可得谢谢您了！"

"谢是小事，还要等着喝你的喜酒哩！"接着就话转正题，"夏爽啊，我们都了解你，想给你介绍一下咱单位的窦爱民，他平时的工作、为人，你也了解，可有一样，他至今还是个单身汉。同志们都在考虑着，心里都急得直冒火，主意打在你身上，想着有你在他身旁，你们可相互帮衬。不知你尊意如何？"

一句话逗得夏爽笑了起来："卫仁哥，您啥时长进这么大，说起话来竟这样文雅，还称'尊意'呢！既然当哥的想得如此圆满，哪还用妹妹再说什么。"

卫仁听了夏爽的回答，觉得不言胜有言，不答胜有答，感到这腿没有白跑，连称："你这'夏爽'的名字起得真好，名副其实，做事太爽快。"

其实，这不是单纯的爽快，而是夏爽心中已有的，只是尚未表达的愿望，也许别人还看不出来。得了这话，潘卫仁高兴地回去了，而夏爽的心也如涨潮的海水，波涛奔涌起来……

"爱民弟，俺这次不虚此行啊！你得为俺举办庆功宴，庆贺俺凯旋。"

"果真如此？"爱民说。

"哪有假的？！"两人说笑着对答。

"俺办事你放心，没有几分把握的事俺不办。"潘卫仁事后自信地讲着。

"那好啊，将来一定敬你三杯，以酬谢你的操劳。"

临了，卫仁一再叮嘱："你是男子汉大丈夫，不要那么腼腆，主动去和人家接触才好！"

其实，爱民生活中和工作上是最平易近人的，只是在这男女之间、儿女情长的事上，颇是不懂。

"既然吾兄替俺着想得这样贴切，那俺岂敢忘了这至上的尊令。"爱民郑重其事地抠着字眼说。

半月过后，上级组织保密档案检查，来到了爱民的单位，来的有市机要局的副局长等三人。他们先是听了汇报，接着查看文件借阅手续及规章制度，又看了实际工作中的执行情况。从每一宗案卷中，有借阅人姓名，时间、地点、归还日期、文件完好程度以及双方签字等，各项内容写得十分清晰、明确详细，其中抽查到一位文教科长的资料，就是这样填表登记的。"不简单，好样的"，夏爽当场受到组织上的表扬，后来在年度档案工作评比中，单位被评为"档案管理先进单位"，夏爽也被评为"先进个人"荣誉称号。这表明了夏爽工作上的专心、耐心、细心。

这件事使爱民深受触动，认为夏爽平日里是个不爱说话、温文尔雅的恬静女子，工作起来竟然这么认真、踏实、负责，从而更增添了几分对她的爱慕之情。

日月互换，光阴荏苒，冬来夏往，蝶花增情。

爱民与夏爽在相处中，思想明确了，情意加深了，关系确定了，两人出双入对地在大街上散步，公园、电影院和图书馆等一些公共场所也经常有他们的身影。

再说三弟爱先，虽比二哥爱民小几岁，但也已到婚龄，虽不想办得早，但由于与女友翟康乐（其从小寄养在与爱先同村的姑姑家，长大后因参加工作才回到原籍）青梅竹马，两小无猜，一直在一起工作、玩耍，并情窦已开，父母想着早点把事情办了，可安心了，所以催着办手续。这样一来，爱先根据双方家长的意见，只得从命，并遵照二哥爱民的约定，婚事新办，节约从简，不使父母多麻烦，所以决定两下合在一起举行结婚仪式，随后旅游度假。

第十七章　八哥能言传喜讯　报说家母看儿孙

　　爱国是个生活兴趣不广泛，平时只知道上班工作、下班看书学习的人。

　　爱国的岳父从教师的岗位上退下来之后，到同事家串门看人家喂了只八哥，见到人一去，八哥就在门口的笼内叫着："有客啦，有客啦……"一声连着一声。它那灵巧清脆的嗓音，听着让人分外爽心。当听到八哥的叫声，主人就马上出门来迎接，使人觉得很有意思。于是，爱国的岳父也就向人要来两只。

　　人都说老爱小。因为这个原因，岳父特意将其中的一只送到爱国家，给了外孙女窦如旭。爱国见这情景，因为只顾上班，没闲工夫顾这事，心里老大不情愿，但理解老人的心意，不表露在面上，还连声违心地说："真是好，真是好。"

　　这只八哥很"负责"，从此就在家中尽职尽责地"工作"着，遇着母亲上街看儿子，也就有规律地传令报信。爱国的老家黄连村是七代祖宗所住之地。父亲盼福退休以后，因老家有宅子，不想随儿子们在一起，一是随意，二是也不想给儿子找麻烦，影响工作。所以，就回老家与老伴住在乡下，既看门，又可躲避城市的喧嚣，过个清静生活。但每隔个把星期或半月，要么是爱国回家看望老人，要么是老人上街看望他们。就这样你来我往，如日月运行。

这天恰巧是个星期日，也许是母亲怕打扰孩子们的工作，着意的安排，听鸡一叫，马上出门，步行十多里路，太阳刚出来就到了家中。

爱国看见母亲来了，赶紧接过母亲手中亲手蒸的馍，禁不住亲切地随口说："妈，来得这么早，可辛苦啦，赶紧上屋先坐下歇息歇息，喝杯茶，暖暖心。"

话音刚落，这时，朝阳升到丈把多高，在床上听到奶奶问"窦如旭起了没有"，小孩就一骨碌爬起来，朦朦胧胧地应答着："起来了，起来了，奶奶！"

奶奶望着这个七八岁的孙女的乖巧劲儿，上去抱着一个劲儿地亲，然后连连说着"奶奶想你了"。

奶奶要洗脸，窦如旭赶忙上前递毛巾。

"这孩子真懂事。"奶奶又是一顿夸奖。

爱国知道母亲好喝"面疙瘩"，就把做好的玉米糁放在一边，又专门为母亲做了一锅，并搅上鸡蛋，做好端到桌上，让母亲好用。吃着饭，拿着馍，窦如旭手里不慎掉下了馍花。

窦如旭发现了，就立即放下筷子，去地上捡着吃。

奶奶关切地说："掉了算了，一个馍花当个啥？"

这时窦如旭认真地说："老师讲了，农民伯伯种庄稼不容易，多艰难，一滴汗掉下摔几瓣，让我们要珍惜每一粒粮食。"

窦如旭这一举动，令全家都深受感动。"这孩子将来有出息呀！"奶奶又接连称赞。

吃罢早饭，为了让母亲看看城市景观，爱国特意领着母亲并由窦如旭做小陪同，来到"都市博览园"参观。首先看到"全城模拟图"，统观大致，听讲解员介绍了新城老城、原有现状、面积大小、新旧变化对比等情况。过去的羊肠街道，拐弯抹角，黑灯瞎火一条十字街，唯有很少的几棵树，两边的浅房破屋狭小潮湿。在街上，只有稀稀拉拉的几个人，吃个水得车拉肩挑……满眼的凋敝。而今却不然了，老城得到了改造，街道拓宽，梧桐、冬青、桂花、垂柳等各种树木整齐成行，林荫遮阳，柏油路面光亮平整。昔日的土砖破桥已拆除，替以粗大的钢筋混凝土桥墩和宽厚结实的钢质水泥结构。以往路上并排两辆车都很难通行，而今六车道一并行进，彰显出一派大城市气象。

再说那新城，都是超前规划设计。二百年、三百年，乃至更多年不落后。水、电、路、房，文化、旅游、学校、医院、工业区、生活区等合理布局，给人一种清新、静雅、舒适、诗意的感觉。不听不看不知道，一看一听，格外壮观。不仅如此，还有更开眼的，市民服务中心和兴建的"三馆一院"（即博物馆、图书馆、科技馆和文化大剧院），看得母亲啧啧称赞，舍不得离开。在回来的路上，母亲还发表感想讲个没完，用着从广播里听到的词，真让人有"乐不思蜀"的感觉，真"雄伟"，真"引人入胜"！从眼前看全国，更是让人喜不自禁。

中午做饭时，母亲非要到厨房帮着做不可。爱国知道母亲勤劳，本不想让她干，但又怕她生气，只好勉强答应，但只让她择择菜，做些轻省的活。做妈的也猜透了儿子的心，只好如此。

母亲办事很认真，只顾一个劲儿地干，尔后猛一抬头，忽然发现厨房少了过去用的液化气罐和再早用过的煤炉，母亲形象地称为"大炮弹""水桶",而今却见墙上安着小管道通到炉灶上,只见灶眼上的蓝火苗发出"呼呼"的响声,母亲好奇地问:"爱国啊,你用的是啥物件?跟液化气一样却不见液化气罐。"

"这是天然气。"爱国说。

"啥是天然气?"

"就是从地下开采出来的能燃烧的气体,通过管道输送到千家万户,既经济又方便安全。"说到这里,只见母亲的眼睛不停地转,仿佛在想什么。

等了一会儿,母亲说:"爱国呀,我看见你说的这天然气,也就是说它是天生的燃料,人利用它能烧锅做饭等。假使人没有利用它,万一温度达到什么程度,它也会自燃。由此,我联想到了《西游记》里演的,唐僧在西天取经的途中,所遇到的'火焰山',那不是天然气,是天然物。用现在的说法,那是漫山遍野的煤,温度达到了燃烧点,所以就自行燃烧起来了。那时科学不发达,人们还认识不了,拿它没办法,只得随其燃烧罢了。还是我们今天的人聪明,可以把这种天然燃料开采起来,让它来为人类造福。"

爱国听了以后,若有所思地说:"母亲,你说得有道理,只是天然气是在地下,而煤有的是露天的。随着人们认识能力和劳动生产能力的不断提高,还会发现新的可燃物质,如我们现在就已听说的海里的'可燃冰'等新能源。可见世界上的新事物层出不穷,一种事物消失了,还会有新的事物来代替,或多种事物并用。"

母亲听着儿子所说的话，思想也开阔了："是啊！世界上的事物没有穷尽呀，人也要有自强不息的精神，要永远奋力开拓、创新和进取！俺们在乡下没有啥知识，新东西来了，俺们也不会使，不敢使，只能用稍有进步的方法，只敢用煤球炉做饭。只要防范好，别煤气中毒，不让失火，一般就不会出啥问题和危险了。看你们，我每隔段时间一来，都见你们换了新的方法，真是越换越妙。原来在乡下烧柴火，进城以后，改用煤，后来又换沼气，没过多长时间，又有电炉，之后又有了电磁炉，真是一样比一样先进。现在又用上天然气，连灰和煤渣都没有了，干净极了，也不污染空气。看看你们现在，再想想俺们的过去，别说这些优越东西了，就是连柴都没有或不够烧哩！想想真是鼻头发酸，现在都想不到是咋过来的。"

爱国听着，心里想着，自打他记事起，虽说比母亲说的过去的时代不知道强了多少倍，但也亲身体验过，放学回家赶紧扛着筐子，上地里拾苞谷疙瘩、铲葛巴草、拔棉花根当柴用的艰难经历。

接着只听母亲说："看看现在，真是好到天上去了。不仅如此，洗衣机、电冰箱、电视机、空调器等还不断换档升级。洗衣机由单缸变为双缸，又有烘干变成全自动智能，只要把脏衣服往里边一搁，'一条龙'服务，拿出来就能穿，人在不在跟前都是一样的。电视机由小变大，由黑白变彩色，又由'大包袱'变成薄板液晶的。不占地方，功能又多，收台还多，想看啥有啥，能满足多种人多种需求。还有那洗澡用的浴霸、热水器和随意查找资料的电脑。还有很多很多妈都难以说尽和叫上名字的东西。

　　"妈看到你们一开始的生活就这样的美，庆幸你们遇上了好时代。"瑰梅对着儿子爱国抑制不住内心喜悦地讲。

第十八章　志同道合择佳偶　风雨同舟度春秋

松柏寒且挺，冬青冻愈青，欲问为哪般，品加锻炼成。

人们见到青松和冬青树那种不畏严寒、傲然屹立的样子，都会发出"啧啧"的称赞声，人也应不管是在什么环境下，都要努力生活和成长。

这种人很多，但令爱国感触最深的就是自小生活在一起的自己的妹妹爱红。

爱红生于二十世纪五十年代末，一开始就沐浴在春天的温暖阳光里，可以上托儿所、幼儿园，过着与别的孩子同样的生活。但是家里条件差，她也在懵懂间跟着家里过了一段苦日子。

一天夜里，因家里无人照料，爱红随妈妈到西边数里外的桑树园林场平整土地。这林场也是为了美化、绿化环境而特别设置的，是较早的苗圃基地。一路上，爱红被妈妈的脚步拉得跟头溜水，小跑似的赶到接近的地方。半道上遇着个粪池，有半间房那么大，近两米深。因天黑路生，又加之池岸上长着齐刷刷半尺多高的草，有的葛巴草竟像是厚厚的帘子，垂吊在池中，让人迷迷惑惑看不清。

它好像现在人们看得到爬墙虎一样，把墙糊得严严实实。母亲一脚踏空，"扑通"一声掉进了粪池中，所幸爱红在右边没随着掉进去。一看这情况，爱红惊叫着："妈妈快上来！"

接着就用小手紧紧地拽着妈妈的手，使劲地往自己身边拉，也是往岸上拉。一边又听见妈妈怀中的小弟弟"哇哇"地直哭，孩子的哭声变成了"命令"，变成了动力，妈妈趁着爱红的"拉劲"，竟然一跃到了岸上，脱了险。

妈妈为不使孩子留下阴影，以培养孩子的坚强，还很风趣地述说，听人讲女人摔跟头要下雨，咱这是个好兆头。眼下正好天旱，自己的一跌脚，还能帮助解决旱情。因此，爱红从那次就受到了一次意义非凡的乐观主义教育，从妈妈的身上学到了一种刚毅、坚强的精神。

爱红从上小学到初中，因学习好受到一些家庭富裕但成绩一般的孩子的排挤，因而就没别的孩子敢跟爱红接近。爱红整天闷闷不乐，变得十分孤独，于是便越发努力学习，所以成绩总是遥遥领先于别的同学。这一时期，爱红是"一心无二用，只把书来读"。可这是被迫的、不自觉的，只得如此。爱红一脸无奈地说："坏事变好事，坏事可能引出好的结果。要不然，心不专，说不定也会受'白卷学生'的影响，学习成绩也不会上去呢！更不一定能考上大学。"

当然正像是人们常说的生活中的那样，"有白馍谁都不想吃黑的"，吃窝窝头那滋味不好受，只有凭着一种拼劲，才终于度过了人生路上的难关，还有下面所说的"感情"关。

俗话说："女大十八变，越变越好看。"爱红高中毕业时，二十岁左右，中等个头，体态匀称，满头乌发，浓黑的眉毛，镶着两只凤眼，白里透红的面容，方圆的脸庞，从而吸引了很多人，后来她越发出落得好看。虽说提倡晚婚，但由于父母及老一辈们受传统思想的影响，挡不住说媒求婚的踏破门子，连父母也想早点给爱红找个婆家，以完成终身大事。可爱红说："咱得响应国家号召，此外我还要上大学，不想误了青春。"因此，就算求亲说媒的再多，男方条件再好，爱红也毫不动心。

到了二十世纪七十年代末，爱红顺利地跨进了大学的门槛。在大学校园里，那种新天、新地、新生活的气象，使她从来没有如今天这样的开心，除了愉快地学习，也感受到了人与人之间，特别是男女朋友之间的真挚情谊，在此期间，她结识了班里的柴玉良同学。

一天上课，爱红突然觉得头昏脑涨，疼痛难忍，趴在桌上，被同桌柴玉良发觉了。

"你怎么了，爱红？"

"昨天……晚上……我睡得晚，大概是……着凉了。"爱红吃力地说着。

当时正是寒冬腊月，期终考试临近，复习任务太重，爱红只想着熬夜能考个好成绩，向老师和家长交上一份满意的答卷，不料却使身体出现了问题。一看这情况，玉良心想，头疼发烧，万一医治不及时可就麻烦了。于是，赶紧向老师请假，并陪爱红迅速到学校医院检查、诊断、治疗。

根据情况挂了个急诊，值班医生见爱红脸色发青，身上打战，一看体温计，上升到了三十九摄氏度，就赶紧配上了消炎退烧针液。柴玉良也就义不容辞地陪护在爱红身边，仔细查看着水滴输入速度，一边看着表，一边数着数，一、二、三、四、五……一分钟了，正好是按医生要求的滴数，是最佳速度，给爱红照料得很好，连医生都称赞："小伙子真负责、真用心！"爱红深切感受到了同学之间的情谊，又尤其是男女同学，更易使人往深远处想……

事情过去了半个月，彼此的感情加深，一天下午下课，走在回住处的路上，玉良首先说："爱红，你人才可贵，我想……我想与你结为亲密朋友，现在一起生活学习，将来共度幸福的时光。不知你是否愿意？"

这话一说，爱红自然知道是什么意思。虽然平常里想到了，但真的说出来，却又感到突然和羞涩，于是"腾"一下红了脸，想说"中"，但又低头不语。玉良猜透了爱红的心……于是两个人变成一颗心，从此同往图书馆，一起讨论、思考问题。

时间长了，两个人无话不谈，一有空就在一起，说理想，谈志向，抒家情，聊未来，感情不断升温。爱红正在畅想着以后美好的生活时，一天玉良突然说："爱红，你的粹那（方言：无论哪个方面之意）都没啥说的。就有一点儿，俺再考虑考虑。听说你们家是农民，这……这……不利于咱的进步。虽说不算啥，但家里老人想让我留在城市里，对于我们的将来有顾虑，等我做做他们的工作再说吧。"

爱红一听这话，脑子"嗡"的一声，像炸了一样，更好像五雷轰顶，脑子一片空白，不知如何是好。爱红虽说平时温文尔雅，没有也不会发脾气，可这时忍不住满身的血液直往脑门儿上撞，真想向他大发雷霆。

"是你主动找我，而今又是你出尔反尔，明知是你的意思，反把皮球踢向别人，像你这样的大男子主义，思想感情不坚定，还配为人？"这些话到了嘴边，但又强压怒火，还是将其咽回了肚子里。

"好吧，就按你说的办，千万别因此而误了你的前途。"爱红心里虽愤怒却柔和地说。外人不知道，做父母的最清楚谁伤害了爱红的心，她会像好马那样绝不吃回头草，这是她的尊严，也是她的品格。

虽然是这样说，事情也过去了，但这巨大的伤痛仍像一块磐石，压在了爱红的心上，她没法倾诉，也不想向人倾诉，因为她知道在这社会上，无论过去、现在还是将来，一直会有这样的势利之人，幸运的是这样的人能在自己的面前提早暴露，也免得以后成为大患，造成更大的精神痛苦。

　　爱红虽说能宽慰自己，心潮却依然起伏难平。"这是苍天在考验自己，我决不能因此倒下去。"爱红照着镜子梳着头发，使劲地把头一扬，自语。从此爱红化痛苦为契机，变压力为动力，更把精力用在了学业上。一天、两天，一个月、两个月，一年又一年，一个个生活的"不等式"方程得到了破解。从而放下了包袱，解放了思想，轻装上阵，视坎坷为平地，沿着认定的方向破浪前行，最终取得了骄人的成绩。在毕业时，学校特给她颁发了"优秀学生安置证"，因所学对口，被安排在一家大报社，当上了一名渴望已久、梦寐以求的记者。

　　一来到报社，人们看到来了一位漂亮女孩就心生羡慕，再加上工作上积极主动，办事认真细致、果断有魄力，待人热情大方，处事公道正派……赢得人们的高度评价，在除了重视和关心她的工作外，还关心她的人生大事——婚姻问题。一天，总编牛津华同志专门抽出时间，约爱红到她的办公室。她工作上的事情谈了以后，接着话转正题："朋友找好了没有，不宜再迟，同志们都在操着你的心。""谢谢领导的关心，说来话长，一言难尽……"爱红大致把过去的事情向领导做了汇报。

　　"都什么年代了，还这样不开窍，太可悲！这种人不要也好，随波逐流，连一点主见都没有，连一点担当精神都没有。将来他绝不会有啥作为和出息。好男儿有的是，不用打灯笼就能找到。我们帮你。"牛总编深切、爽快地说。

两个星期以后，报社召开半年工作总结座谈会，有文体部、要闻部、社会综合部参加，其中也包括热线部的窦爱红等人。

"今天请大家来谈谈下一步的工作，怎样将报办得更好，让党和人民更满意。"

接着总编的话，大家纷纷发言，第一个发言的是要闻部的同志相友爱。

"把握好党的办报方针，深入实际，扎根基层，贴近生活，服务群众，把党的政策很好地宣传出去，以实事教育人民，感动人民，引导人民，从而凝聚民心。形成雷霆万钧之力，宏伟磅礴之势、为华夏美好明天奋力。"

之后第二个、第三个人也竞相发言，一个比一个热烈、深刻，令人感叹不已。

会后，牛津华总编有意让相友爱和窦爱红在一起，郑重见个面。她首先介绍了相友爱的个人特点：勤于学习，有能力，善钻研，待人诚恳，勤俭朴实等。缺点是不善交际，特别是对女同志，以致到现在已是大龄青年，还没有成家，眼下很需要找个如意之人。

话音一落，爱红就悟出其意，领会了领导的意图。爱红心想："我也正想找一位这样的男友。"在此基础上，牛津华总编还专门邀请两人做客，明确讲明并做媒。

就这样，相友爱和窦爱红结成了情投意合的伴侣。生活工作中相互支持，相互爱护，相互关心，相互信赖，不管风吹浪打，坚不可摧。一次，相友爱出差，在半道上突然听说老母亲生病，因无法回去，给爱红打电话，让她方便的话先回去看看。

爱红接到消息就着了慌，赶紧处理好工作，饭都顾不得吃，急如星火般跑回去，到一两千里外的西安——丈夫的家。本来坐飞机晕机，爱红可以坐火车，然而觉得火车速度太慢，怕耽误婆母的病情，为了赶时间，就吃点防晕机的药，啥都不顾就启程了。

到家以后，一看县城小医院救治不了，就连忙将婆母转入西安市的大医院，给医生讲明情况，请求急诊。经确诊，原来婆母患有急性重度胃炎和严重哮喘。根据病症，医生让输液、吃药，实行中西医结合治疗。爱红日夜守护，经过多方配合、医疗和护理，婆母的病大为减轻，最后痊愈。这没日没夜操劳的十多天，竟使爱红变得脸庞消瘦，面容憔悴，体重下降了三公斤。回来上班，同事见了都不认得了，说她瘦得变了相。

"这样的好媳妇真难得。"同事听说了她的经历后，个个都伸出大拇指赞不绝口。

"人家的妈，也是自己的妈，像对待自己的妈妈一样对待人家，既是敬老又是支持丈夫。"爱红发自内心地说。

"道德之花结硕果，互为关心更光辉"，从而有了"蝶花孕育未来人，栋梁为国成大器。比翼展翅并肩飞，前景广阔诗画美"。

第十九章　植树育人两般同　父母对孩良苦心

华瑰梅看着孩子们一个个成家立业，心里有一种说不尽的畅快，感觉到自己的使命告一段落，从而得到了异常的自我安慰。

爱国对母亲的心情已经有了同感，而深知不易油生崇敬。这是因为爱国也已为人父母，并有了初步的体验，对"不当家不知柴米贵，不做饭不知锅是铁打哩。不料家不知家难当，不做父母不知父母难"有了更加深切的体会。

爱国当时的老家在市东远郊十来里的地方，原来有一个园林场，那还是二十世纪七八十年代兴建的，专为大搞城市绿化服务的。当苗成长到有鸡蛋粗细、人把高低时，进行刨土移运到远处植种。那时爱国刚高中毕业并初任大队民办学校老师，因园林场设在原省道的许南公路旁，每逢上街由东往西都要必经这里。再加之，该地处在一路之隔北边的村庄，一有空，他就会溜达到这里休闲游览，所以对这里的情况非常熟悉，对园艺工人的工作有浓厚的兴趣，至后来感悟到育人与植树有着相似之处。

当树处在幼苗时期，一行行、一排排整齐而立，甚是喜人。可忽然的一次狂风暴雨，把这些绿色生命刮得东倒西歪，垂头丧气。有的树梢沾满了泥，趴在地上，起不来身，虽然它们不言语，但让人们想象得到，它们这时也在发出"唉哟唉哟"的呻吟。接着又好像发出"救救我吧，人类朋友"的呼唤。园艺工人们闻讯而来，只见他们蹲在地上，轻轻地用手把树苗扶起，再将树根培点土让它们牢固，然后又像绣花那样，仔细地用手指弹去叶片上的浮尘，好像给它们洗洗澡，让它们变干净，面目焕然一新。

当小树长到米把高时，稍有了抗御风雨的能力，进入了蓬勃的生长期，可就在这时，因其精力充沛，开始疯长，像是脱缰的野马，身上到处都枝枝杈杈的，分散了养分，将来也难以成材。这时辛勤、无微不至、关怀无时不在的园艺工人，又出现在它们的身旁，用特制的"半月型"剪刀，"嘎吱嘎吱"把那些多余的枝子剪去。这些多余的枝子，都是过密的、不规则的。把它们去了，就能使树有了充足的养分向高处生长，这就是"保优扶壮"的护树道理。

再大点了，就要让它们"分门另住"，"单独"生活，到别的地方"成家立业"，去"履行职责"，起到绿化、美化环境，吸尘吐氧的功能，长大成材，为人民的生活造福，或变成不同品种和样式的家具、器物，供人们使用。

然而在成长成材的培育过程中，还有很多艰辛、细致的工作，如中耕、锄草、浇水、施肥等。因之而想，从一棵树苗到长成参天大树，是多么漫长、曲折、不容易！它包含了人们对其所花费的宝贵的心血和汗水，有时还有眼泪。可惜小树不会说话，要是会说话的话，一定会说："园丁——'父母'，您太劳苦了。谢谢您！"

话说远了，不过也由此给人以联想。培养孩子也和植树一样，使人感同身受，思绪万千。

自从窦如旭诞生以来，首先给人的感觉是有了幸福感和责任感，但更重要的、更多的是责任，那就是心想孩子长大了，怎么办？一连串的问题摆在面前，然而更让人操心的，迫在眉睫的是眼前的事情，是孩子的成长问题。某种程度上说，过程最艰难。因为没有过程，就没有后来的结果。

窦如旭一来到这个世上，第一件事就是吃饭问题。"民以食为天"，不管大人孩子都是如此。可偏偏邪门，窦如旭的妈妈没有乳汁，干吸就是吸不出来，把窦如旭饿得"哇哇"哭个不停。没办法，妈妈只得赶紧用汤匙给孩子喂温水，但这只是权宜之计。接下来，窦如旭的妈妈吃下奶的食物，如鲫鱼汤、小茴香……但各方法用遍，收效甚微。

她只好马上上街买奶粉，让孩子吸吮，这才勉强了事。但奶粉没有母乳营养多，孩子营养不足，抵抗力弱。所以，窦如旭经常生病，弱不禁风，动辄感冒发烧，又偏偏常常发生在夜里的下雨、刮风、降雪天气，真应了常言说的"船破恰碰顶头风""越渴越给盐吃"。

虽是这样，但孩子有病千万不能等，一刻也不能耽搁。孩子的妈妈急得满头冒汗说："咱用被裹着，以免孩子冻着。外边再用雨衣包着，可防雨淋。快点走吧，不然有个三长两短，可咋办哩？"说着，爱国和爱人就伴着入冬的寒冷和专往身上钻的雪，连走带跑，来到西边三四里地的一所学校附属医院。当即就挂上了吊针。

像这样的情形，持续了两年，一年都不下三四次。再大一点了，孩子更需要细心看护。请保姆，家里条件不允许，就采取不同的办法。最初是请来窦如旭的外祖父，虽因家中老伴身患高血压走不开，但眼看孩子们作难而又不得不来，勉强照应几个月，就得赶忙回去照顾家里。尔后又请了一位亲戚家的小姑娘，接力棒似的帮忙照顾孩子一段时间，也因结婚而离开。

再接着，最后一着棋，就是送往乡下的爷爷奶奶身旁，边劳动边带孩子。一次，窦如旭的妈妈到乡下看望婆母和孩子，只见窦如旭爬在地里的田埂上捧土玩，像只"灰老鼠"，嘴唇上的土变成了泥巴，粘在了上边，脸被太阳晒得通红，这看上去虽说明小孩身体结实，可看惯了城市孩子的娇生惯养，皮肤白嫩，就心疼得直掉泪。窦如旭就是在这样的环境下，度过了自己的幼年。

时光变迁，到了二十世纪九十年代，窦如旭到了入学年龄，虽比小时候强了，离脚守了（方言，意思是长大了些），但新的困难也来了。每到冬天，天亮得晚黑得早，由于爱国工作忙，肯熬夜，早上就让爱人天不亮就起床。爱人来不及做饭，就趁着黑，来到离家半里地的城中村给孩打饭，当时的治安形势不安稳，忽然从夹道里窜出来一个衣衫褴褛、蓬头垢面、有精神疾病的人。她因一时不明真相，给吓了一大跳，竟"唉哟妈呀"地大叫起来，引来了邻舍的人赶忙出来相助。等小孩将饭吃罢，接着送她到离家三里多地的学校，之后又自己骑着自行车，再去相反方向距家五里多地的育龙学校上班。就这样秋去春来，日复一日，月复一月，年复一年，不管什么天气，都是外甥打灯笼——照旧（舅）。这当中，尤其有一件事最令人难忘。

此事发生在二十世纪九十年代中后期，那年秋雨连绵，棉花生长受到严重威胁，爱国被分配到高棉乡，在大西南县的区边界，是个种棉示范乡。这里一向占据着面积大、产量多、质量好的重要位置。爱国和地方干部一道，在乡党委的领导下，一心扑在工作上，舍自家为国家。一次，回区开会，结束后顺道回到了家。一听说女儿患急性肺炎，住了医院，他就慌忙去看望，当得知病情已好转，就和爱人商量："孩子有医院操心，工作的事更要紧。"爱人深明大义，一个劲儿地表示支持，再苦再累也要坚持，接着就此愿彼催地赶回"阵地"。爱国直到工作结束，取得应有的成绩，使大灾之年仍获得了较好收成，才回到了家。

这时窦如旭也已出院多日，见了爱国，就活蹦乱跳地说："爸爸您可回来了，这段时间您上哪儿去了，咋也不管我，俺可想您啦！今儿可见到了您。"

"爸爸虽一直鏖战在乡下棉花抗灾工作的战场上，但心里是一个劲儿在惦记你。咱要感谢你妈妈和你的爷爷奶奶。"

窦如旭明白爸爸是在用自身的行动，教育自己今后如何做人做事。她天真地连连点着头，表示赞同。

窦如旭出生时，恰巧是早上七点多钟，和着太阳的光辉同时升起。如今，时间的列车一天天前进，每当太阳升起的时候，家人就想到窦如旭，每当见到窦如旭时，就觉得窦家的太阳升了起来，也寄托着对下一代人无限的希望……

第二十章　家国兴旺人为基　知识技能若双翼

　　不久前，爱国外出办事，行走在滨河路上，由西向东，不经意地往右边一看，只见旁边的梧桐树长得粗壮叶茂，密不透风，遮天蔽日，长势喜人。可走着走着，也发现个别的树，叶子稀疏并且耷拉着，一副无精打采的样子，还有几片落在地上。它们已是"未老先衰"，应青时却黄，满是皱巴巴的"皮肤"，尽呈一派沉重、无奈的状况，也和人得病时的表情一样。由此可知，这树也是有疾了。再看下去，但见树枝上挂着一个三四十厘米的塑料袋子，里边装着液体，顺着管子输向树的根部。爱国好奇地问随行的路人："这是怎么回事？"

　　这位戴着一副近视眼镜，看上去就像是一位博学多识的知识分子的人说："这是在给树'打吊针'。"

　　"长这么大，只见树生腻虫了，要么撒"硝灰"，要么逮虫，可还从没见过，用给人治病的方法，也给树来治疗。"爱国心想，并随声附和地说，这方法先进。世间凡是有生命之物，只要得病，给以及时治疗，都是会康复的，树也不例外。爱国感悟到。

　　这事在爱国心里生起了涟漪，由此及彼，引起对往昔的回想，特别是对母亲的一次眼病的治疗。

　　早在三十年前的四五月份，母亲说她的眼睛有点看不清楚东西，一副昏昏沉沉、模模糊糊样子，此病已有半年之久。刚开始，父母只想着可能是有火气了，觉得只要去去火气就好了。所以他们也就没把它当回事。到后来越来越严重，以至于到今天的几乎失明。其间他们也不想惊动别人，坚持不向孩子们透露。谁知今儿个一说，孩子们将此当作了晴天霹雳。

爱国更是操心，随即接母来到医院就诊。爱国先打听眼科门诊在哪里，那时是四五层的工字两厢走廊楼房。可不像现在的一二十层宽敞明亮的高楼大厦，还没有咨询台和导医图。他们只得经值班介绍，来到二楼正中，门朝北贴有视力表的房间。

还未进屋，医生就热情得站起来迎接说："老大娘，眼咋不得劲？"

"看不清楚，眼前好像有个啥，影影绰绰……"

医生心里有底了，接着让其看视力表，指着最上边的缺竖道"曰"字问："口朝哪？"

"口朝右。"

第二行第一个。

"这个口朝左。"

第三行第二个。

"口朝上。"

"不对。"

医生不再说了，请她坐下休息休息，接着又问了些职业、作息等生活细节。然后，医生对母亲说："你这是老年白内障，办法是动手术。"

一听动手术，母亲一怔，像是害怕。

"不要紧张，不算啥。"医生既安慰又认真地说。

之后又听孩子们劝解，母亲才下决心配合医生做手术治疗。

盆阳市医学院附属医院是一所大学的附属医院，且有一定的名气，门类齐全，其中包括眼科等，也是治疗眼科疾病的学术研究机构，有专家、教授接诊，享誉省内外，近些年又专为治疗老年白内障设立了诊断项目。母亲华瑰梅得知这情况，非常欣喜。

不仅如此，还有更使母亲感到幸运的事，又遇上了前所未有的好时机。这些年，医院与科研院校挂钩，并且定期在这里接诊，其中有外地的大地方的名医、专家，这时在这里的正是北京眼科医院的专家。这真是好上加好，母亲兴奋地说："这好事都让我碰上了。"

手术的时间到了，只见手术室内日光灯、无影灯都亮着，虽是室内，但亮如白昼。负责各种工作的医生都齐刷刷站在自己的岗位上，各种医疗器械一应俱全，虽是满屋子的人，却静得出奇，竟是掉根针也能听得见。只听墙上的挂钟"嘀嗒嘀嗒嘀嗒"地响着，那响声让人感到宁静，紧张中带来了温馨。然后，只见医生的手轻轻地一挥，好似令旗，开始进入了忙而有序、精心细致的手术阶段……那往下的动作，对医生来说再平常不过，但对常人尤其是家人来说，却是心急不安。担惊、祈盼，各种思绪交织在一起，其实这都是不必要的、多余的，比这再大再难的手术，对医生来讲，都不在话下。容易是容易，但医生心中的弦一直紧紧地绷着。爱国和其他兄弟姐妹们守候在门外静静地等候着。

两个小时过去了，只见紧闭的门"吱扭"一声，开了一扇，出来一位五十来岁，穿着白大褂，戴着白色帽，额头上淌着豆大的汗珠，脸上露着微笑的医生说："手术已结束，圆满成功。家属可将病人送往病房。"随着这平常的一句话，全家人都松了一口气，心中的石头落了地，提到嗓子眼的心回到了原处。爱民连声说："谢谢医生！"

事后，医院的梅开辉院长，也是主刀的医生，跟家属说："想着动一回手术特别是眼上的手术很不寻常，最好用个高精的晶体。目前我国的晶体制造还赶不上发达国家的技术，所以医院就按照家属的意见选用进口的。因此，给你母亲用的晶体是美国的。"爱国听了之后，连连颔首道谢："医院真是想病人所想，急病人所需。"这不过是那时的情况，要是现在的情形，用自己国家的晶体，就足溜溜的可以。经过半个月的住院疗理，母亲康复出院，觉得眼睛轻松，这动了手术的右眼，恢复得很好，甚至比她之前的视力还要好。

临出院之前，主治医生韦大功再三叮咛："要注意保护，一是要休息好，不要劳累，特别是不要干重体力活；二是不要烟熏；三是不要生气流泪；四是不要吃辛辣食物，包括饮酒在内。"——都交代得清清楚楚、详详细细。母亲自觉遵守医嘱，孩子们督促提醒，基本上都按医生提的"章程"办事，所以动了手术，三十多年过去了，别的地方出现过毛病，但眼睛没再出类似问题，始终保持正常的状态。而今，母亲虽已进入耄耋之年，但还能拿针线，做些缝缝补补的活儿。

不仅别人羡慕母亲的眼睛，自家的儿女更是开心，因为眼睛好了，生活能够自理，心情也变得愉快，也免去了孩子们的很多劳累，可以腾出手来处理好自己的家事，有充沛的精力和时间去工作。

母亲的眼睛复明了，心里那个宽敞劲、得劲劲，简直没法形容，再也没有沉闷、焦躁、着急和难受的感觉。她走起路来唱起了歌，吃起饭来也添食，活得也有了质量和滋味，好像换了一个人，变得爽朗和健谈起来。

这天正好是个星期日，母亲陪着晨曦早早地起了床。感受着与近在身旁的爱国及儿媳、孙女们的欢乐。她与往常一样，先打开收音机，倾听着新闻和报纸摘要节目，待儿子爱国将一大堆事处理完毕，她说："爱国，来妈跟前，我想跟你聊聊家常。"

"好好，我就去。"爱国答应着，好奇地想着母亲怎么了，一大早就这样着急唤自己，怀疑母亲是不是有啥不顺心的事，想诉说诉说。

正在猜测不定时，母亲开了言："孩儿啊，妈这次得眼病，好了之后，我有个体会，咱国家现在强盛了，经济发展了，科技水平提高了，因而才有妈的眼病的治愈。不过，归根到底还是有了人，可是——娃啊，现在你们这一辈，姊妹几个，虎虎生威的。可当下你们的跟前只有一个娃，连个伴儿都没有。将来，不说养老了，连自己有个啥事都没个人商量照应，多孤单啊！"

但爱国真不想要那么多小孩，原因是工作忙，负担重，压力大，太拖累人，又照管不了。细想想，他们现在与母亲那个时代相比，养育一个孩子，不知要付出高出多少倍的辛劳，经济能力是一方面，人的精力更是另一大方面。

第二十一章　嫂得福寿喜归去　子孙满堂慰魂灵

　　清明节快到了，天空飘起了毛毛细雨，人们说这是苍天哀痛去世的人，也是活着的人悲伤的眼泪。究竟是不是这回事，人们心里是有数的。这只不过是一种寄托世人哀痛的想象而已。

　　雨下过一天之后，天气突然变晴了。这时从天边飞过一只落后老暮的大雁，无精打采地滑落到黄连村的庄西南边的百十平方米的、锅底形的、丈把深的土坑里，从此就再也没有飞起……

　　这天晚上，夜空中传来了一阵阵猫头鹰的凄厉声，难听的、悲哀的近似哭。掠过窦家的房顶尤其是窦爱国的宗族哥哥窦志成的家门前……第二天一大早，起来上工的褚文才说："夜猫（猫头鹰在这一带俗称叫夜猫）进宅，无事不来。不是要死人，就是要丢财。"人称这是"报丧鸟"，一来就表明这里要死人了。其实它是一种对人类有益的鸟，昼伏夜出，吃老鼠和麻雀等，但由于其外形和生活习惯的不同，才让人们对其产生了非议。

　　话说不及，到了下午，只听窦志成家传出来哭妈叫娘的痛彻心扉的声音。原来是爱国的宗嫂麦敏玲去世了，她今年八十九岁，一向过着安逸的生活。儿女们一大群，四儿两女都已成家出门（当地习惯称女孩出嫁叫出门），乐意时，管管孙子和外孙女，一般都是吃了饭散散步，或到附近的农家俱乐部听听评书、看看戏，生活过得悠闲自在而又有乐趣。

这时她的二儿子窦如山说，昨天夜里只听她说头有点疼，心里有点不美气。一听她说，大儿子就马上召集在家的弟兄们，七手八脚地赶紧往本地比较有名的来康医院送，只是病太急，到医院不到一个时辰，可就仅有个悠悠气。医生争分夺秒地抢救，也没能将她从死神那里夺回来。不过，虽然她去得很突然，但也没受疾病带来的折磨。来吊唁的邻里大娘、大婶们都注视着她的遗容，仍然和生前一样，面带着微笑，只是不会再醒来，而长眠去了。这说明她去得舒坦，去得安心，去得高兴……

虽然她走得轻松圆满，却给子女们带来了无限愧疚感。大儿子窦上进说，妈离去得太突然了，活着没享孩子们一天照顾的福，想着母亲少病两天，也让儿女们送茶端饭尽点孝，使俺们心里好受些。这让俺心上永远是一块病！

想到这儿，窦上进就和几个妹子、弟弟们商量，如何对母亲做个弥补，二弟窦如山说："咱现在都有条件、都有钱，要把葬礼办得隆重些……"大家都表示赞同。

第一件事，寿衣拣好的买。知道母亲活着怕冷，就比一般的人多穿两件，别的人家老人（地方话，人故去）只穿五件，给母亲穿七件，风俗上说是穿单不穿双。除了毛衣面料，还有绸缎，凡是能想到的高档衣服都给穿上。不管逝者如何，反正做儿女们的，心里有了安慰。

第二件事，放烟火。孩子们认为母亲生前好看热闹，每逢正月十五的灯节，母亲都是领着孙儿和孙女几个，赶到清水河畔看烟火。当那五彩缤纷、美轮美奂的烟花在空中竞相绽放的时候，竟使母亲与孩子们一块儿载歌载舞起来。正因为母亲活着时喜欢烟花，所以人虽没了，希望让她得到灵魂上的满足，从这烟火中，想象和看到后代的繁花似锦……

第三件事，设祭场。"啥叫祭场？"三弟窦齐心赶忙问。村里的古大娘说："就是请一班懂葬礼的人，来给故去的人安灵。说说死生之道及身后所谓的去向，让逝者畅心而去。"这本意是好的，某种程度上表达了孩子们对离去的父母的悼念之情。但接下去的一幕，却让人震惊和愕然。

只见四五个青壮男女，站在大院中设置的台子上敲锣打鼓、吹口哨，阴阳怪气地乱来一通，接下来有人拿着满盒拆散了的香烟乱撒一通。有的观众能接着，有的不能接住，接不住的，香烟掉在地上一大片，乱七八糟，与没吸完的烟蒂、烟灰混搅在一起，一片狼藉。

再往下，只见一个彪形大汉，颇显粗野，穿着件白色土布夹心衣，下穿裤头，嘴两边叼着两支烟卷，像大象的两根牙，一边吸着，一边敲着鼓，鼓"卜咚咚"的乱响，震耳欲聋，把围观的群众弄得头昏脑涨。突然间，他将右边的正吸着烟的嘴一鼓，使劲将烟一喷，足有丈把远。烟还在地上一缕缕地往上冒着青气。稍停一会儿，他又将嘴左边的一支也喷了出去，也是一样的情景。人们都目瞪口呆，不知这是干啥？好像是在演杂耍。

再看看正对面不远处停放着死者的沉重、寂静的灵柩，十分不协调，人们都觉得是对死者的不恭。再往下是几个刚才上台的男女，围着台子转并不住地嚎叫，一会儿扭腰摆尾，一会儿点头晃臀，一会儿弯腰躬脊让观看的人都禁不住掩口作呕，都怒目而视，表示不满。这哪是祭祀亡灵，简直是在瞎折腾，是对死者的耍弄，围观的人中有的窃窃私语，不忍看的人已悄然离去，只剩下一味看热闹的人。

这演的戏是哪一出？听人们传说，旧社会有钱有势的人家，人谢世了，要设"道场"。请和尚、道士到家里来给死者做"法事"。所谓法事，无非是给死者送灵祈祷，作为安魂，并给后代以庇护等。这其实是一种迷信，自欺又欺人，能不能起上点作用？明眼人皆知，做"法事"起码表达了生者对死者的一种虔敬之心，而这算啥？说轻一点是胡闹，说重一点是对死者的亵渎，也不符合我们今天所倡导的积极、健康、向上的社会文明风尚。因此，在场有正义感的季风清、安社稷、辛自明等多人都围拢到窦爱国身边，对此行为义愤填膺。

爱国深有同感地和大家说，明天咱们写一篇"破陋习、树新风"的文章，投到盆阳日报社去，村上的人死了，开个追悼会，以寄托人们的哀思，总结学习他们的模范事迹，弘扬光大他们的优良作风，更加努力把自己的工作干好。只要我们努力，社会风气一定会一天比一天好，人们物质生活富裕了，精神文化生活也要充实，敬老爱老，沿着正道而行，不让其变味，不致花了钱却不能起到好的作用。

第二十二章　遇有困难得锻炼　柳暗花明景更艳

　　人常言,树大枝繁,因而叶就茂。窦家也和这树一样,姊妹多,事情也就多。

　　窦爱先赶上了好时运,高中毕业,正巧遇上父亲窦盼福病退还允许子女接班。因此,他十分珍惜这份工作的来之不易。除了机遇以外,更有一层兄长礼让的情义。这时,他望着身边苍翠欲滴的冬青树叶子上,挂满露珠随风晃动,不由得感慨万千。

　　想到这儿,他干起工作来浑身都有使不完的劲,别人干一份,他就干两份。早上八点上班,别人没到,他先来。下班了,他还在没完没了地干。节假日了,他说让同志们休息,自己去顶班。他上班常常穿着没膝的长筒胶鞋,跳在尺把深的盐水里刷捞皮张。因皮毛渣滓把水道眼堵住了,他就抢着跳下去,用两只手掏去堵的东西。年长日久,一件件、一宗宗,谁也数不出来他干了多少次。只是人们记着、见着时都有他在干。凡是脏活、累活、加班的活,都有他的身影……由于工作出色,爱先被厂里评为"先进生产者"和"劳动模范",不久又被提拔为班组长,后又被提拔为车间主任……真是越干越得到鼓励,越鼓励越干得欢。厂里的老工人迟暮说,见过好多优秀青年,但像窦爱先这样，刚来厂里上班，年轻轻的，又是个书生，这样的年轻人，见得还真不多。众人都评说他是厂里的一颗"新星"，成为厂里新老职工们口中的有为青年，尤其是还成了女青年们追捧的"偶像"。

企业也和一个人一样，随着自身"免疫力"和调节功能的强弱，而生存或消亡。过不多久，厂里在原有的计划经济时重生产、轻经营；重销售、轻效益；重计划、轻市场；重速度、轻管理，产品积压或货款不能收回，导致大量银行贷款，逾期还不上，又加上生产能力和技术水平不高等多种矛盾和问题的交织与叠加，在市场竞争的大潮中败下阵来，并被淘汰——企业破产了！

这一下，窦爱先也和企业其他职工一样，成了破产企业的下岗职工，回家待业。

"乌云压城，城欲摧"，猛一下，爱先对过去认为的企业是职工的家和靠山，产生了极大的疑问和失落感，整日六神无主，不知咋办是好，恰似船在江心，不知驶往何方。又加之断了生活经济来源，并且爱先的家属也在商业系统，因此日子更难过。常言说得好，天大的本事，地大的能耐，但也不能把脖子扎起来，不吃饭是不行的，而对一个城市家庭来说，更是以经济（工资）收入为天，以钱为天，没有钱，什么事都别想了。

泰山压顶，山穷水尽。没办法，只有来个"破釜沉舟、孤注一掷"。这个时候，爱先想起了古时西汉初期，韩信用兵打仗的故事了。在困难面前只能进不能退，只能丢掉一切幻想迎难而上才能得胜利。同时认为，困难越大，压力就越大。压力越大，动力就越大。有了动力，像汽车一样才会前进，才会拼搏。拼搏什么？他考虑了几种方案，一是放下架子，抹开面子。二是好好规划未来，是和别人一样，也去给人家打工，还是怎么样？可是转而又一想，打工能挣几个钱，一家四口人，少说见月吃饭，也得一两千元，假若再有个头痛脑热，人来客往的咋办？靠挣的几个工资连饭也不够吃，更别说办另外的事情。思来想去，咱不能靠干轻松、干净的活挣钱，要根据自己家的情况来决定。最后他决定搞养猪事业。

说起养猪，爱先想起小时候在乡下家里，经常跟着母亲喂猪，因而也算是掌握了一点基本的知识和技能——让猪吃好与防疫"两手抓""一肩挑"。只要把猪养好了，就可解决全家人的基本生活及各项费用了。养猪也是一项必需的民生事业，尤其是国家也提倡和扶持。虽然累点、脏点，但自己曾在农村吃过苦，得到过锻炼，现在重操旧业，轻车熟路，不害怕，不做啥难。

于是爱先就在离家五六里的地方，租了一处别人不用的破旧的猪场，购了十多头小猪仔。虽说有点基础，但那是家养、零散养，现在是规模养，得需既摸着石头过河，又要搞好"顶层设计"。慢慢来，稳着来，要再实践，再学习，再总结。但不管怎么说，养猪风险大，赢得起，赔不起。必须既要热心又要慎重啊！

猪场离家远，需要人照管，可爱先又雇不起人，也不愿雇人。于是爱先就以场为家，没日没夜住在猪场。除了拉泔水时顺路回家看看，其他的时候，家里好像没爱先这个人一样。猪是"张嘴货"，到饿的时候必须得吃，不然，就要"造反"了，要么咬架，要么拱猪圈，要么翻墙逃跑找食。那些年社会治安形势不太好，猪除了走失，弄不好还会被人赶跑（偷走）。

　　这样的事倒不少，爱先门口赁房的医生惠为民，夜里睡觉不注意，自己的两轮大摩托竟被盗贼在墙外用起吊机从院内偷走，还有老家相邻的安乐村，姜家兄弟的五头牛被人趁着夜晚下大雨之际也牵走了。当时五头牛值两万元，搁现在值十多万元。

　　想到这些，爱先越发觉得管理和喂养很重要。所以就得日不错影地给猪安排饭食，另一方面又得提高警惕，加强防范。火热的三伏天，给猪圈清扫洒水等，一熬就是大半夜，他躺在床上还不敢熟睡。然而，再干净也是猪圈，少不了蚊虫漫天飞，侵袭人的身体，让人疼痒难忍。爱先数九寒天顶着狂风、冒着暴雪，开着三轮车为猪拉食，多少次车子在路上熄火、出故障，就在冰天雪地里躺在车下，仰着脸检修车辆……陌生人见状二话不说，帮助修理。

　　随着城市的扩大和环境污染治理工作的加强，爱先的猪圈也来了个"三易其家"，而且每一次搬家都比上次远了好多，由城中村搬到个地名叫八里岔的地方，又由八里岔迁到十八里洼。每天至少往返四十里地，由繁华的闹市到夜幕降临后漆黑一片的远郊乡下。

　　这只是运输途中的事。还有那猪生病，为了避免意外，就得细心观察，于是爱先就晚上蹲在病猪身旁，从猪的出气、体温和一举一动，掌握猪的情况好坏，直到发觉猪愿到猪槽嗅食，这才放下心。其爱人看他整天不回家，怕他有什么"意外"（隐意是有外遇），就特地来"看"他，一见这一幕，既心疼又忍俊不禁地称他是个"好猪倌（官）"，还特意将"猪倌"说成"官"字音，这让附近前来玩耍的孩童们听后都哈哈大笑，戏说"还有猪官哩"！

由于苦干和积累了经验，加之爱先的胆子也大了，养的猪从起初的十来头，到后来增加到六七十头。为了节省购猪仔经费，他就自己培育起了母猪。从一头增加到三头，每年可产猪仔七八十头，不仅足够自己用，还成了自繁自养的饲养场（户）。同时，还有剩余供应给别的饲养场。这样多种收入，一年算下来，就可获得十来万元，爱先成了下岗职工自谋职业、自主创业的"标兵"，因而受到了盆阳市西城区政府的隆重表彰。看到窦爱先的致富之路，其他的下岗职工也深受启发，都说他心态好，顺应形势，能扑下身子，好钻研，独辟蹊径，取得成效。由此证明，没有办不好的事情。大家也要开动脑筋，想个事业干。

正在这个时候，又传来了好消息：企业破产，但职工身份不变，按国家政策规定，厂里和个人按比例交纳养老金，就能到退休时和在职职工一样，享有同样的待遇。这给窦爱先吃了定心丸，可高兴啦！他感到今后更有盼头，更有奔头，更有干头，后顾无忧——老有依靠，老有所养，老有所福了。

第二十三章 用车出行几变迁 日如登楼步步高

　　人随条件变，愿景不断高。早些年，爱国看到公路上穿梭奔驰的车辆，尤其是小轿车，心中就有一个梦想："假若有一天，我也能拥有一辆，那该多好！出门办事，风不刮，雨不洒，省力省时，快捷方便。"之所以这么说，是因这在当时孩子们小，正上学，收入低，没有多余的钱，还达不到满足需求的水平。

　　幸运的是，这个愿望在二十一世纪的二十年代实现了。

　　即将进入新年的一天，爱国跟爱人说："小吕，今天你随我出去办件事，对你今后也有好处。"爱国说着，喜悦之情溢于言表。

　　"啥事啊？能把你高兴成这个样子？"爱人甜滋滋地问道。

　　"我想把著书的钱拿出来买辆四个轮子的小轿车，让你再想上哪儿去，坐得舒适安稳！"

　　"那可好了，想不到你这'老悭'现在也想开了。"

　　"有钱就是花的，根据形势发展，只要不过分、不超能、不超标，与自己的经济状况相适应，这完全在情理之中。"

　　"对对对，好好好，那我一定陪你去。"爱人满口答应着。

　　这天中午，吃罢餐，爱国与爱人趁着天气暖和，乘上向西去的十路公交车，来到了离家四五公里的一处叫摩托世界的车展中心。这里占地足有个把平方千米大，各种车辆应有尽有。

有拉货用的；有出行用的；有传统的和现代的；还有两轮的电动自行车和三轮的油能摩托车；有大的、小的等各种型号的。什么颜色的都有，在阳光的映照下，发出五彩纷呈的光芒，简直让人眼花缭乱，目不暇接。

爱国他们像是逛街市一样，从南到北，再由东到西，遍览众多的"景观"，之后特意来到了电动汽车汇展处。这里整整齐齐摆放着足有上百辆的造型各异，颜色不同，纯电动与油电两用的汽车。每到一处，店主都是老远向他们招手，远接远送，频频介绍着每种车辆的性能和特点，使人品评不已，发出啧啧赞美的声音。

爱国走着、听着、看着，突然停留在一辆四轮电动车跟前，这辆车样式美观、古朴典雅、气派大方，不由得让人驻足细致、深入、全面地进行观看了解。这辆车叫"众新电动汽车"，颜色纯白，可乘坐五人，前二后三，还有宽大的后备厢……能替人想到的都想到了。

这是一种鲜艳颜色的车，它有着醒目、让人易于识别的优点，对车辆行驶中，不论白天还是黑夜的安全，都有好的作用。这个型号的车比微型的大一点，人坐上有宽敞舒服感。另外，车速不高，可油电并用，万一在路上没油了，可以用发电机发电，再行个五六十里，这样就解决了在半路上电动汽车"趴窝"（不会走）的问题。

经销售员一讲解，他们对此车产生了浓厚的兴趣，紧接着司机师傅说："走，请坐上，先体验一下，有了切身感受再说。"

只见师傅老庄关好车门，系上安全带，然后启动电钮，"吱咛"响了一声，再用脚轻轻一踩油门，双手把着方向盘，只见路边前边的东西缓缓后移，然后驶出了大院，来到了公路上。

这时，庄师傅又说："你们看到了没有，这车是很先进的，除了有空调、一键启动、越野、收音机等诸多功能以外，还有一个更为独特的优点，那就是自动换档，它比老式的汽车多档启用才能行驶要方便多了。只要按'向前'是进，'向后'是倒，就可操作，快慢自由掌握，从而省去了老式汽车的许多麻烦……"

　　听着庄师傅快言快语的评点，爱国的心里马上有了底："那我们就要这一种款式的吧！"

　　"可以啊。"庄师傅回答。

　　"那价格咋按哩？"

　　"那好说，因为是经人介绍，标价十万一千元，给你按最低九万九千元，即人情价。"爱国觉得，既然到了这个份上，也就不好意思再讲价了。

　　谈到了付款，还有个小插曲。因为去之前，爱国他们只考虑先看看再说，买这么大个物件，花这么多的钱，可不是闹着玩的，得慎重对待。所以只是空手去（方言，意思是没拿钱），没想到事情进展得这么快，这么顺利。因为与卖车的素不相识，人家怕车开回家，钱成问题。于是就说："车在这里放着，多方便（本来车有电），晚上还可在这儿充充电。"实际是不想让把车开走，只是托词这样说。

　　爱国明白和谅解人家的用意，就赶紧讲"可以，可以"。就在这时，一旁站着的卖农用三轮车的介绍人安师傅却说："这事你放心吧，老窦我了解，我们在一起打过交道，不用担任何的心。万一出了问题，有我老安哩。"

　　一听这话，卖车的庄师傅忙改口说："一家人不说两家话，买卖是一家，咱相互信赖，车请开走啦。"

　　第二天，爱国专程来办完了各种手续，相互满意，皆欢喜。

从此也结下了友谊，真成了人们所说的"一次握手，永远是朋友"。买卖不成情义在，这买卖成了情更浓。

再说，爱国看着新买来的电动汽车，高兴的那个劲儿简直没法形容。打开一闪一闪的车辆指示灯，从这灯光里，给人带到了那深远的历史的回忆之中。从这些回想中，仿佛让人听到了家庭生活进步的脚步声。

记得二十世纪六十年代时，爱国还是个孩子，因为淘气和好奇，每逢叔父从街上回老家看望祖母，骑着个裸体（农村俗语叫"光肚"）自行车（即没有挡泥板、铃铛、链盒……），只有两个轱辘与车架，仅是能骑的车子，就这在当时已是很不简单的。记忆中，当时有一百多口人的村庄上，还没有人能够骑上自行车。谁骑辆自行车就觉得威风得不得了。现在家家户户都拥有高级轿车，成了极普通和常见的事。

那个时候，每逢星期六、星期日，爱国在门上（庄上的空地）玩耍，老远看见叔父回来了，就赶紧跑着迎上前去。因为这是老熟套了，叔父知道是啥意思，一见面，就笑哈哈地说："还是想学车子的吧，给，骑去！"

那时爱国与车一般高，骑不上，就用左脚踩在左边的脚蹬上，再用右脚一使劲，就能靠（滑）行个一丈多远，久而久之，随着个子的长高，就自然地学会了骑车子，能坐在座上行驶了。会是会了，但是没钱买，也没见哪儿有车子，爱国只能眼巴巴地盼着叔父能星期天回来，过过骑车瘾。要是万一这天没见着叔父，骑不成车子，心里就可难受啦！自言自语地说："咋回事，今天小大（叔叔）还不回来？"

时光如轮，到了二十世纪七十年代。爱国家买了一辆轻型"凤凰牌"自行车。因为有了这一"先进"（说是先进，比现在可差远了）的交通工具，每年春天青黄不接时，粮食不够吃，爱国就用这辆"凤凰"自行车，跟着庄上的壮哥们赴几十里外的镇平买红薯干。在解决家庭生活问题上，可以说，这辆自行车立了功，可说是一位"功臣"，值得怀念。

接下来历史的车轮加速飞驰向前，到了二十世纪八十年代中期，出现了摩托车，有雅马哈、建设、嘉陵等品牌。骑上它，跑上百八十里，甚至再多点也没什么，比自行车方便、快捷了许多，从而受到了许多人的青睐，使人竞相购买。这其中也有爱国。

爱国因为上班住在城市，离老家有一二十里地，爱国惦记父母，因而凡是星期天都要回家，要么是送东西，要么是接二老到城里团聚。有时下乡搞工作调研，为了方便，他心里默想着，也能有辆摩托车才好。因家里经济条件宽裕了些，想到也能办到，于是，也赶时髦买了辆两轮嘉陵摩托。方便是方便了，但摩托车烧油，耗费大，又污染环境，还不安全，爱国就曾差点出过车祸，因此体会得很透彻。

取而代之的是新能源交通工具，绿色出行，电动自行车问世。买上辆电动自行车，只需一两千块钱，启动按钮，就可飞快行驶。既清洁又卫生，又没啥危险，老少皆宜。

但由于科技发达了，更新换代也大大加快。转眼到了二十一世纪，新老能源交通工具并举，综合发展和混合使用，从而也就有了以上所说的汽车、电动轿车以及电动续航汽车，出行更为便利和多样化。由此看出每一次的创新，都标志着一种科技的新的进步，也给人们的生活特别是交通出行带来了一个新的改善。交通工具的不断升级发展，也标志着经济的发展，人民生活的富裕。人们喜爱它，也有钱购买它，其间有着必然的紧密的联系，爱国从自身的经历中深感其妙。

　　不仅是交通工具变化了，日益先进了，其他方面也同样如此，从大的方面说，像一开始的烧木炭汽车，变成了烧汽油汽车，又随之而来的由有人驾驶汽车到无人驾驶的智能汽车。可以设想，将来很可能还会有陆空、水陆两用汽车。再从汽车到火车，又从火车到高铁，从过去的烧煤变为烧油又到用电，越来越清洁、高能、高效、无污染。还有从笨飞机安尔型到先进飞机，从小飞机到国产大飞机。此外，从零开始，我国从没有潜艇到有潜艇，又到航空母舰，真是一步一层天。由此也带来和促进了全方位的交通大改善，特别又有了交通基础条件的大改变，远的不说，光近几年就有超大建设工程的"北京大兴国际机场"和"港珠澳大桥"等。从而形成了天上、地上、地下、海上，立体化、综合性、纵横交错的交通网络。

　　不仅如此，信息的传递快得更是无法相比。古代通过驿站，从京城到地方，通个信得几个月。中华人民共和国成立后，通信条件改善了，但也得需要几天。而今，打开手机、电脑、微信、QQ、邮件……全国各地，甚至国外，几秒钟就可到达。中国的每一项技术都是在世界上从跟跑到并跑又到领跑，体现了中华民族的聪明才智。

第二十四章　赤橙黄绿青蓝紫　锅碗瓢盆交响曲

　　人有形形色色，认识自然有异，天性自我，必然带来相斥，物质生活条件再好，本性难移。

　　社会是一个大家庭，家庭是一个小社会，社会有的，家庭也必然会有。家庭有的是社会的反映，社会有的必然要渗透到家庭。二者相互联系，虽大小、范围不同，内容、性质却相同。本篇之所以要用这个题目，就是想以此来叙明，为我们人生所用。

　　爱国家的情形是这样，但不知别的家是什么样，想必也是大同小异。一日，爱国在公园与友人闲聊，谁知人人说起来都有相似的情况。看起来这是一个普遍性和规律性的东西。正像人们所说的"哪家烟囱不冒烟""各家都有一本难念的经"。再深究一步，家也有层次之分，有这一代的或上一代的，然后是父母、孩子，再然后又有祖父母、父母、孩子，随着生活条件的日益改善，人的寿命不断延长，还有四世、五世同堂的。虽然不在一起吃住，但仍属一个家，这个家可称为大家。分开居住的可称为一个小家，大家套小家，层层叠叠，一个家又是一个组成，有不同时代的组成，又有不同方面的组成。由于世界观的不同，就带来了认识的多样化、复杂化、差异化。这就造成了矛盾和问题的集中、繁多，给人带来处理和解决的难度。

茫茫青山绿无边，溪水潺潺不尽流。从这自然景色中，给人带来了无限回忆。

爱国在窦姓大家庭姊妹兄弟排行中位居第二，上边有一个姐姐，由于是女孩，家里的一些事情，父母不方便让她办，这无疑就落在爱国的肩上。再加上穷人的孩子早当家，尤其是爱国受教育多，思想认识也就比别人高一些，其间又有艰苦经历，这一切都促使爱国早熟，知道人要有志向，知道忠义孝廉，知道恩德答报，知道勤奋节俭，知道谦恭礼让。

二十世纪七十年代初，人们仍处在努力满足温饱的状态之中。人们穿的是粗布衣，为了弥补穿衣的不足，有人竟将外国人用过的盛化肥的尼龙袋改成裤子穿。大家吃的是红薯玉米糁，很少有大米，特别是白面（小麦面）。那时爱国在盆阳一中上学，一天，听说学校食堂蒸了杠子馍（即白面馍），一个有三两重，爱国破格买了三个，自己很满足地吃了一个，然后将另外两个特着（方言，意为特意保存）。晚上放学带回家，一个给母亲，一个给奶奶，让她们也品尝这很稀有的白面馒头的滋味。

不仅爱国是这样，那时整个社会大家庭的人们也有这样的精神风貌。

父亲退休了，不用干活了，还有国家发的养老金奉养，再没有之前吃了上顿没下顿，穿衣补丁摞补丁的苦辣酸咸的情景，真是老而无忧，幸福安康。爱国其他的姐姐也进厂当了工人，妹妹也有了合适的工作，并都先后出了嫁。日子过得都很如意，不用父母再操心。再说两个弟弟，也都过得很好，特别是大弟弟爱民，由于单位好，条件更富裕些，冰箱、洗衣机、彩电、空调等一应俱全。

窦盼福夫妇有三个儿媳妇，大的即爱国的媳妇，一老本等（方言，老实本分），朴实，一是一，二是二，丁是丁，卯是卯，是啥说啥，不会花言巧语、八面玲珑。二媳妇嘴甜，嘴里一套心里一套。三媳妇是个响嘴空，说话随便，想咋说就咋说，不分青红皂白，没事了特别好拨弄个是非。父亲不爱管闲事，母亲是个软心肠，无论谁说个啥就是个啥，人云亦云，不加分析考虑，把人家的话变成她认为的，甚至有些也可能是她凭空想象的。

这四种角色搅和到一起，使这个大家庭热闹了起来。一日，二媳和三媳闲着没事在一起聊天。二媳说："三妹，咱爸不在月把子啦，这抚恤金你好抽时间问问咱妈是怎么回事，可别咱不知道别人使了。"

这三媳平时嘴就好说，这一鼓动，正好说到自己的心坎里，迎合了自己的想法，一见婆母就带着煽动的语气说："妈，我爸不在这么多天了，想必是养老金发下来了吧？"

于是，母亲经不起别人一说项一挑唆，也不加任何思考分析，就"啊"的一声惊叫，火了起来："噢，还有这等事。我见了就问老大追要。"

第二天，一见大儿子面，母亲就怒不可遏，呵斥说："爱国，你把你爸的抚恤金、丧葬费给我……"越往下说越不中听。

爱国耐心解释说："妈，人家劳动部门有规定，半年后也就是十月份才能发下来，这才刚一个月，还不到期。"

由于她耳朵背，再加上自己的胡乱猜想，再劝也劝不醒。说着还怒气冲冲地来到爱国跟前，为了避免事态恶化和意外事情的发生，爱国就顺势出门躲避，就这还不行，母亲挂着个拐棍，在后边追呀喊呀骂个不停，直到累了才停止。

面对此情此景，爱国噙着委屈的眼泪，徒步六七里来到姐姐家，恳请说："姐呀，你到劳动部门问一下，做个证实，免得咱妈不信再吵闹。"之后这个解释那个劝，母亲才算勉强作罢。

面对这种状况，爱国一方面又气又伤心。心说母亲各方面都依靠着自己，可为啥又这样不相信他？包括她的存折，让自己从始至今保存着，一二十年一分不少。何况这是国家发的父亲遗留下来的钱，那更不会让它出问题。另一方面也自我安慰，家庭的事也和社会一样，是各种思想意识的集中表现，自己要有涵养，要顾大局，用事实来说话。

天要下雨，娘要嫁人。这是改变不了的规律，以前已有的事或许今后还会有，但真的总是真的，假的变不成真，是非自有公论，只要自己做得问心无愧就行。

第二十五章　家国有别理相通　强弱待之如天垠

　　天边浮云引思绪，触景生情悟道理。冬春之交的一天，爱国不知怎么来了闲情逸致，放下手中的活儿，看起了电视。他看的不是以往看的新闻、综艺之类的节目，而是动物世界。特别是片子中老虎捕鹿、狮子猎牛的情景，不由得使爱国想起了"弱肉强食"一词，从而又引发许多的联想……

　　可不是吗？不仅动物是这样，人也是这样，小至一个家，大至一个国，都无一例外。

　　一想到这里，爱国的脑海里就像泉涌一般，历历往事浮现在眼前。

　　爱国出生在二十世纪五十年代，刚开始因幼小，什么事也不懂，直到跨入学校，才渐渐从身边的所见所闻，以及后来发生的更重要的事情上，才由浅入深地有所体悟。

　　那个时期，爱国的父亲在一家制革厂当工人，后来待遇降低了，本来是家庭的经济支柱，可这支柱倒了。那家里的情况就不言而喻，家里孩子多，且又小，劳力少，是缺粮户。再加之农村受一种世俗的影响，孤门独户的人受歧视，凡有啥好事轮不到你，可吃苦受累的事却常记在心里，找你干。

　　时光的指针不断旋转，转眼又过了十多年，爱国的姐妹兄弟们大了，像竹林一样立着，劳力多了，也都能干事了，令人刮目相看了。说起来这人也奇怪，一向小瞧爱国家的人，也因形势的变化而马上改变了态度。

时任队长庚厚来有个妹子，长得可俊俏啦。方圆的脸，粉面桃花，乌黑油亮的头发，不高不低的个头，不胖不瘦的体态，说话温柔，自带笑容，已到了谈婚的年龄。可别的人给他们提媒，家里都不答应，而在这时，队长作为窦家的代表，特意跑来给爱国的三弟提亲。虽说爱国的弟弟说自己想先立业后成家，不愿让人家久等而婉言谢绝，但说明了他有这份诚挚深厚的情意。

后来窦家的孩子们，有的在机关当干部，有的在工厂当工人，有的在报社当记者，有的参军保家卫国……不仅是本村的庄户人家，就是一个大队邻村的徐明亮的母亲吉大妈，也见了爱国的母亲说："华姑娘，恁不枉当年吃苦受累做了大难，而今是熬出头了，咱这远近村子都很羡慕恁。"

家是这样，国也相同。

爱国每想到此，都心潮起伏，波涛翻滚。

国家发展之路跌宕起伏，从前的中国贫穷软弱，如今像是一个人站立起来了，由穷变富，国际地位日益提高，再不是昔日任人摆布和受人欺负的时代了。我们有足够的信心、决心和能力，克服与战胜前进中的一切艰难险阻。

这就是"强大"一词的含义和分量。爱国思忖着，深深地为强大了的祖国而赞颂，是建立在独立自主、平等、和平发展的原则与基础上。所以这强大有着坚实的基石和旺盛的生命力，是任何人都撼动不了的！

家庭是社会的细胞，是社会的微循环，又是社会的"晴雨表"。家庭的事情做好了，也就是对社会做出了贡献，也说明了整个社会肌体的健康，要不断增强创新思维和法制意识，不断总结、完善家庭管理的新经验、新模式，为社会主义现代化强国建设服务。